私 Privacy
时间的玫瑰

九夜茴【主编】

武汉出版社
WUHAN PUBLISHING HOUSE

私 NOL 02 **目录**
CONTENTS

私信笺
P205-P215

私是一朵时间的玫瑰

写小说的时候，我很喜欢用这样的句子——"那是很多年以后的事了"，或是简单的两字——"从前"。

我总觉得，在沉积下来的时光里，故事一定会曼妙起来。就像人们常说，有历史的城才令人神往，你不知方才踏过的地方，印着哪位佳人的足迹，她是巧笑着，还是垂泪着，是如何美丽着，又怎样苍老着。

因为时间，所以我们不相信很多东西，比如那些类似"永远"的形容词，总是我们避而不谈的。也因此，反过来，我们笃信时间，在它的强大之下， 衰落与荣耀都那么渺远微茫 ，欣愉与苦痛都那么不堪一击 。

长久以来，我描述不清时间，我不知它最终会带我流经哪里，归于何处，直到有一天，我真的和它面对面，清楚地看见它的眼。

说起来这是一桩私事。

某天我和蜜友煲电话粥，她神秘地告诉我"他"的微博账号，叫我一定去看看。

"他"是我中学时代喜欢的男孩子，就算是我的匆匆那年里的陈寻吧。当然，我们早已寻不回年少时光，彼时温柔的和可爱的，已变成此时遥远的和陌生的。

很喜欢可以彻夜不眠的聊天，并肩看川流不息的车灯，坐在高高的教学楼窗台上一起听walkman，在十字街头拥抱哭泣类似这样的事都可以简化作"从前"。所以即使知道了可以看看他"现在"的途径，我仍然没有很热络，想起来去搜搜看时，已经又过去很多天了。

时间已经带走了有着英雄梦想的闪闪发光的白衣少年，照片上是个看上去眼熟的青年，一篇篇微博读下来，不过是又加了班，又买了衫这样的生活。时间关掉我的年华，我也想这样关闭电脑窗口，而就在这时，我突然看到他转发了我的一篇微博。

那是一位读者对我的小说《匆匆那年》的一段美好假想：在一场篮球赛时，陈寻突然看到了来日别离，于是他在那个时刻转弯，刻意投偏，选择和方茴一切重新来过。

他转发的微博写："午夜梦回，不由潸然泪下。"

那一刻，我也泪盈。

我以为时间是只会令我们消失殆尽的延展的线，但忽地，我看清它其实是会让我们在别处重逢的圆满的弧。

故事中，陈寻与方茴没有了如果，故事外，我和他也回不到那年。

不过，我终可说，故事有了结局，陈寻很好，方茴很好，我们都很好。

王菲的歌里唱："时间是怎样爬过我皮肤，只有我自己最清楚"。

Eason的歌里唱："似等了一百年，忽已明白，即使再见面，成熟表演，不如不见。"

而我想，当为了和某个人一起奔赴命运尽头，恨不得顷刻苍老时，凋谢的是时间，绽放的是爱情。

私，是一朵时间的玫瑰。

私小说

晨与暮

/////////////////////////////////////
/////////////////////////////////////
///////////////////////// 文\九夜茴

1

我叫陈晨。听到我名字的人，通常会说："呀，我认得个人，也叫陈晨！"。

是的，陈晨是个太常见的名字，全中国不晓得有多少个陈晨像我一样被人们重复地认识着。

我自己也遇见过一个"陈晨"，她就是我的妻子。

与妻子初识时，我高三，她高一。

我们学校不大，总共200多名学生，所以她刚一入学，便有人来我面前念：来了个女陈晨哟！

同名同姓多少有些尴尬，总有顽皮的孩子，喜欢在操场上喊我们的名字，一叫"陈晨"，两个人都回头，他们便起哄似的笑起来。偶尔我们也在校园里遇见，明明都知道彼此，但又不说一句话，她携着要好的女生，我抱着篮球或是足球，就那么假装什么都没看见地走过去。

第一次与她说话，是在初春的午后。

刚吃完中饭，水房人很多，都是挤着刷饭盒的。外面春光明媚，柳絮如棉丝，我乐得独自绕远点，拿着饭盒到操场的水泥水池去刷。正巧就在那里，我碰见她。她端着一只小小的搪瓷饭盆走过来，见到我吃了一惊，有点局促，不知要不要避开。

我们面对面站了一会，总不能不说话掉头就走，于是我先开了口，说："你刷吧。"

她道谢谢，轻轻拧开了水龙头。从侧面看，她模样娇小又可爱，尤其是将上头发时露出的那一点点耳廓，因紧张而微微泛起了粉红色。

我突然就想和她说话了。

"你是早晨出生的？"我问。

"嗯。"她答，停了一会儿又说，"你也是？"

我有些欢喜，心里知晓她不反感与我说话。

"不是，我是晚上生的，应该叫陈昏或陈暮，可我爸说这两个名字都老气，他们想让我像八九点钟的太阳，就给我取名叫陈晨了。"

我一通胡诌，其实我也是早晨出生的，给她讲这些，只是为了和她多说会儿，逗她笑笑。

可她没笑，眨着一双剪水大眼瞅着我说："我姐姐……叫陈暮。"

我尴尬起来，忍不住去挠头，蹭了一头的洗涤灵。

这回，她终于笑了。

2

而后每次遇见，她都会对我笑。

我也会点点头，那瞬间，似乎她身旁矮矮胖胖的女生，我手里脏兮兮的足球和篮球都一起可爱起来。

就这么一直到夏天，我快毕业了。

当时流行同学录，我也买了个本子，天蓝色的塑料皮，上面印着远航的帆，在年级间走亲访友似的请老师同学们给我写上几句临别赠言。

自然，我也找到了她。

她写完还给我，课间到我们班门口来，喊我出去。有人看到，说是"Miss. 陈晨 to Mr.陈晨"，我同取笑的人打混，她便疾步走了。那时我特别想看看她给我写了什么，偏偏又要熬着，在同学们面前，假装丝毫不在意的样子。

上课铃响，老师开课，我先打开的不是课本，却是我的同学录。

她挑了不前不后中间的一页写，字也如同人一般，别扭的娟秀。那是一首汪国真的诗："我不去想，未来是平坦还是泥泞，只要热爱生命，一切，都在意料之中。"

我翻来覆去地看了许久也没看出多一个字的意思来，心里微微有些失望，但又纳闷，自己渴望些什么。

3

不负苦读，我如愿考上了大学，9月份即将离开这座南方小城。

暑假里，我和家人亲友们一一话别，那一点都不伤感，倒有种远走高飞、纵横四海的少年意气。唯一不豪迈的，就是想起她的时候。

想见她，总觉得似乎走之前不见，就再也见不着了。

于是，我写了一封信给她，那也可能是我人生中的第一封情书。我选了一天，约她在我们城市里最有名的那座寺庙门前见，那里好找人，我想，只要她肯来我总能一眼看到她。那封信的最后，我写着："我会一直等你，由晨只暮地等。"

我确实是做好一个小时一个小时等下去结果她并不出现的准备。那么也好，我就逍遥北上，再无顾念了。可出乎我的意料，我才到了寺门前没多久，她就来了。

早晨有些蒙蒙的雨，她打了把白底青花的伞，脸看不清，都遮在伞沿下了。我有些害臊地从石阶上站起，竟猛地不知要说什么好。

"我……我们……"我打起了结巴。

她微微一笑，这才从伞边透露出了红扑扑的面庞。

"去湖边走走吧。"我终于说完。

"好。"她轻巧地答。

我携了她的伞，与她并肩而行。

那时我以为不过走一圈湖，却没想到真的就兜兜转转了一辈子。

我们恋爱了。

4

我的大学时代，充满了理想主义的色彩，年轻给了我们疯狂的权力。

有人读书，泡在图书馆里看西方文学与哲学，写现代诗，到处寄送期盼发表。有人唱歌，拿着一把缺了琴弦的吉他，在学校的小树林里、在湖边、在长椅上、在女同学身旁，哑着嗓子唱谭咏麟、张国荣或是披头士乐队的歌。有人讲政治，谈西方的思潮，聊中国的格局，和老师对着干，敢去诘问校长。有人谈恋爱，写着一封封的长信，排几小时的队等着拨出一个电话，选最好的照片寄给心上人，日日重复着期盼与等待。

我就混迹于文学与恋爱之间。

我与陈晨几乎将写信当作是写日记一样，进了大学，我长了那么些的见识都急于说给一个人听。于是我给她摘抄我的读书笔记、给她写诗、将她想象成一切我想赋予她的美丽角色，一边去塑造，一边去思慕。

而她呢，当然不是那些臆造出的女子。她那么的真切，活泼泼的，又是我那么不了解的。对我们来说，最熟悉的应该还只是彼此的名字。

于是也有争吵，烦心，泪水与真挚的道歉。

那时她姐姐陈暮中专毕业，分配工作去了邮电局做接线员。陈晨借了这个便利，常到她姐姐那里去，跟我通长途电话。我们这边说着话，还能听到陈暮来回插接线的声音。她倒是方便，却不知我抢占宿舍楼下的电话是多么难。有时还在电话里跟我闹别扭，不高兴了就撇下电话不理，恨得我想要沿着长长的线路追过去揪住她。

她耍脾气走开，就留下我与陈暮在电话里。

我不能和陈暮数落她妹妹的不好，只能装绅士客气道别。陈暮反倒还要替陈晨向我道声不好意思。一来一去间,我虽然没见过陈暮的面,但却先和她的声音熟捻起来。

与陈晨娇气可爱的声音不同,陈暮的声音清凉温和,像是山谷间的溪水,又似这溪水间吐纳的白莲。

大三春节回家前我和陈晨又吵了一架,无非是她又耍了小性子,而我又没耐心哄过去。

那次我真的透顶失落,觉得我与她走到了尽头。徘徊在20岁的我,不懂前途、不懂梦想、亦不懂爱情。初识她以为全部都对,但交往时却发现处处是错。她也一定是这么想我的,说不理就不理了。

由北向南,积雪一路消融,枝头又见绿色,可我的心情却渐渐灰败。

往年我回家,陈晨都会到车站接我,今年我知道她一定不会来,心灰意懒地扛着行李挤在返家的人群中。也怪,按说路人都应是喜气洋洋的颜色,但一个个却都面无表情。过年,是年也是关。

站台上有人喊陈晨的名字,我想无非又是同名的谁,理都不理往前走。直到肩头的包被人拽住,我才转过身。

那如溪似莲的声音有些嗔怪地在我耳边响起:"怎么喊你你都不理?"

陈暮笑盈盈地站在我身后,她身上那件红色的呢子大衣,到底让这春节鲜艳了起来。

5

陈暮是替陈晨来接我的。

她知道我们吵了架,陈晨死拧着不听劝,陈暮只好打听了我抵乡的日子,特地过来等我。

"她呀,从小就娇惯,是有些淘气,你比她大,让着点她。"陈暮一路都在宽慰我。

"哼,你也一直让着她吧!"在她面前,不知怎的,我也娇气起来。

陈暮顿了顿,似乎是下了个认真的结论,说:"是让着呢。"

她叫我过年前到家里吃顿饭,见她一片的热心,我就应了下来。陈暮就有这个本事，让人心平气和，事事都依了她的。

去陈晨家之前，我们自然和了好。我妈听说我要去人家女孩子家里，连叮嘱带吩咐的给我准备了各式点心玩意，给老人的，给孩子的，人人有份。我不想他们竟这样正经起来，其实说是要见家长，倒不如说我想再见陈暮，和她聊聊天。

哪知那天我去了陈暮反而不在。

陈晨家里人都对我很客气，满屋子里客套着一团和气。吃饭时我忍不住问："等不等你姐姐一起吃？"

陈晨的妈妈很快接过来答："不用，她去她那边的妈妈那儿了。"

这倒让我吃了一惊。

后来陈晨跟我讲，她姑姑一直不能生育，姑父又意外病故，而她家恰巧两个姐妹，她爸爸见她姑姑孤苦，便挑了一个过继了过去。

"本来我小，姑姑是想要我，但见我说眼珠子动得快，恐怕不听话，养了还是要回来，就把姐姐给抱走了。"陈晨说。

"敢情从小就不是省油的灯！"我取笑她，她嘴唇一抿，就过来拧我。

与陈晨嬉笑间，我又想到陈暮那沉静的脸，美丽中多了层可怜。

6

我与陈晨和平了没多久，就又吵闹起来。

起因是我竟不知她迷上了跳舞，总和同学们约着去舞厅。我可清楚，虽说跳舞是正正经经摆上台面的事，但跳起来却连空气都旖旎。大学里就常有黑灯舞会，蜡烛一吹窗帘一扯可是会跳贴面舞的。

我生陈晨的气，她又觉得我迂腐不时髦，急了时嚷："你不放心就陪我去！不愿意跳就在一旁坐着。"

我气急而笑，一字一句的说："我不稀罕！"

几下子她又不理我了，我也不愿与她再多说。可我母亲却殷勤，时不时地包了些家制的咸肉，叫我去她家看看。

陈晨正与我冷战，我去她不在，她家人也有些尴尬，原来又是去跳舞了。

陈暮在家里做针线，她妈妈着她去喊妹妹，我不想多坐，忙起身说不用，陈暮便送我出门。

这回陈暮也做不了陈晨的神兵，她不知怎么替妹妹打掩护才好，一双手慌张地绞来绞去。

我心疼寒风中那葱白的指尖，干脆主动为她解了围。

"你怎么不去跳舞？"

"哈？"她讶异地看我，懵懂地摇了摇头说，"我不太会。"

"也没有多难。"我说。

"你在大学里也跳吗？"她好奇地问。

"偶尔去，但不那么喜欢。"其实我也跳得不好，但在陈暮面前不愿意说出自己的短处。

"陈晨也不是喜欢，她小嘛，贪玩些……"陈暮总要为她妹妹说话的。

我打断她："她爱跳就跳呗，没什么的。你呢，平时下班了做什么？"

"也没什么事做，帮帮家里，看看小说。"说到自己，她话反而少了。

"你看什么小说呢？"

"《简·爱》。"

"喜欢看西方女作家的？"

"嗯，胡乱看的。"

"我那里正好有几本，弗吉尼亚·伍尔芙的《黛洛维夫人》，你想不想看？"

"好呀！"

陈暮满面笑容，眼睛都要放出光来。

我们就这样聊起天，本来只是一段送客的路，她竟径直送到了我家。

我邀请她到我的房间，她很局促，进门时羞赧地跟我母亲打招呼，我简单介绍说是陈晨的姐姐，我母亲似乎放了心，热络地待起客来。

她与母亲聊起家事，自然说起那段同名的缘分，我已不爱听旁人赘述我和陈晨的名字，刚要躲去房间，却忽然听见她说："其实那名字最初要我用，大夫们都说早晨要生的，结果却折腾到下午，于是就改叫陈暮。倒是陈晨，天上刚露了白，就听见她哭声了，这名字合该给她。"

我母亲就喜欢这样的家常，也给她讲起生我时的事。我转到屋里拿了书，出来给她。陈暮高兴得紧，迫不及待地翻开，书页中却掉出一片纸，那是我摘抄的一句雪莱诗歌："就像是两个精灵，安息在蔚蓝天穹，他们相爱，但已精疲力尽。"

我有些不好意思，陈暮捡起纸片复又夹在书里，温柔地朝我笑笑，就起身告辞了。

她不要我送，我站在门廊，看她袅袅婷婷地走远，红色的大衣变成冬日梅芯的点子。

那时我突然想，要是她叫陈晨该多好啊。

这念头令我自己猛地打了一个激灵。

我慌乱地跑回屋，没几天后又慌乱地离开了小城。

7

那之后，我三年没有回家。

大四毕业，我被分配到了美院，待了一年多，上海这边招人，南方人终是不习惯北方，我便报了名，几经波折，总算调去了上海。期间陈晨也毕了业，她的运气比我要好，很顺利就分到上海，我们颠沛了几年，终于真正到一处了。

母亲念叨我先回家看看，之前我总推脱忙，但其实心里清楚，真正不回去，是因为有个极可亲又极可怕的念想。这次眼见陈晨要跟我到上海，说什么也要回趟家里了。我本是敛住了心往回走的，谁知陈晨却打碎了我自持的静默，她兴致勃勃地告诉我，陈暮要嫁人了。

如同之前慌乱的逃脱，这次我更加慌乱的归来。

家里一团喜气，母亲言语里也要张罗我和陈晨的事了。

"再等等，他们家忙她姐姐的婚事呢。"

母亲的话更加刺了我，我知道这次是要见到陈暮的，也是心心念念盼着见她的，但是，见她时她已经是别人的新妇，这着实令我难过。

熬了几日，到底还是要见面了，陈晨喊我一起去帮陈暮收拾东西，她的新房已经准备停当，要往那边慢慢搬挪东西。

本来说好我先去接陈晨，再一起去陈暮那儿，结果陈晨半路有事，就先把我派了去。

一路上我想象陈暮的各种样子，恍恍惚惚的，但无论怎么想，都比不过她替我开门时，真正见到她的一霎那。

三年未见，她颜色更好看，内里也更沉静了。

陈暮没想到会是我，站在门口竟哑住了，眼睛直直盯过来，那目光里全是话，可她自己却一句没说出口。

"你好。"我嗓子干干地说。

"嗳，嗳。"她这才把我让进门。

一番客套，陈暮带我去了她的房间，从书架上取下一本书，书用粉红的挂历纸包了书皮，上面一丝尘土也没有，可她还是小心的掸了掸，笑着怯怯地递到我手里说："我太厚脸皮，一本书借了三年。"

我接过来看，是那本《黛洛维夫人》。

我忽然觉得这书沉起来，里面尽是我们别过的旧日时光。

闺阁里一副即将送别姑娘的凌乱，她一边整理，一边同我聊着天。我得知那男人是她姑姑托人介绍的，一位转业军官，家里也是部队的，各处都好，在当年也算是羡煞旁人的好姻缘。

我则是落魄书生的样子，和那位军官比，连心底的不甘心都羸弱起来。

陈暮要踩着写字台取衣柜上的箱子，我不再胡思乱想，忙起身帮忙。可刚要往上去，我却愣住了。写字台铺着一层玻璃板，那下面压着一张纸条，潦草轻狂的笔力写着："就像是两个精灵，安息在蔚蓝天穹，他们相爱，但已精疲力尽。"

那是当年我抄录的雪莱的诗，我早已经把它丢弃在记忆里，没想到原来它一直在别处珍重。

陈暮慌了神，忙拿书去遮，可她已挡不住我涌上心头的万语千言了。我按住书，望着她一字一句地说："别嫁他！"

她抬起了头，这一次，我们谁也没有避开。

8

那天再没别的故事，陈晨来了，敲响了门。

她就像点破童话的女巫，灰姑娘急忙收起水晶鞋，王子重新变回青蛙，我与陈暮只各自后退了一步，一切就都如原样。

我们一起去了陈暮的新房，一起看了她未来丈夫的照片，一起称赞屋里陈设，恍若什么都好。

那时，我觉得自己既胆小又蠢。

而陈暮，她则不是这样的人。

出事儿是在一个礼拜之后，我去陈晨家找她，陈晨开门，眉毛都要拧成了疙瘩。屋子里的氛围显然不寻常，我询问地看她，陈晨摇了摇头，低声跟我说："我姐悔婚了，正闹呢。"

我的世界忽地安静，白茫茫一片只剩下陈暮一个。

恍惚跟在陈晨后面，拐入客厅，我见到了他们一大家子人。她爸爸在抽烟，她姑姑在抹眼泪，她妈妈在劝，唯独平日温和的陈暮，此时却像寻求自由的战士，昂首站在他们面前，她没看到我，仍兀自说着。

"我从小事事听你们的，从来没得选，名字可以换给妹妹，家庭可以换给姑姑，但人生我不要再换给别人！就这一件事，我要嫁谁，我自己来选！"

我这一生只听过一次她那么激烈的讲话。我从她身后看着她，看到逆光的光束打在她的长发上，看到她所有的坚强和勇敢，看到她背脊上的蝴蝶骨微微颤抖，像是要破开肌肤，长出翅膀。我想上前一步扶住她，跟她说你很棒，你有我。

可我还没来得及这么做，她姑姑就抢先了一步。

而来不及这个东西，不会多等你一秒，但却会令你遗憾一生。

她姑姑扑到她身上哭："到底不是亲生的，隔着一层肚皮！我是指着你给我养老的，这倒好，你不肯嫁，是摆明要我养你到老了！"

陈暮听了这话，晃晃悠悠的就要往地下倒，我血气上来，一嗓子嚷道："我给你养老！"

陈暮这才知道我来了，她回过头，死灰似的脸上那双眸子亮了起来。而她妈妈也抬起头，深深看了我一眼。

陈晨揪住我说："你掺什么乱！"

家丑不可外扬，我这外人搅了这团乱局。陈暮被她姑姑带走，经过我身边时，她闪着泪光看了看我，我微微朝她点头。

这一件事，我也要自己来选。

9

隔天一早我就要去找陈暮，她承担了太多，我必须要替她分走一些，那分明是我们俩的事。

可我刚走出家门不远，就碰见了她妈妈，她手里拎着东西，一看就是要到

我家拜访的。

我忙上前接过手，她客气的笑着说："早就与你妈妈通了电话，说等忙完陈暮的事，就过来瞧瞧他们。可你也见了，陈暮的婚事八九是黄了，我想想别因为她再耽误着你和陈晨，就紧着过来了。"

我愣住了，手里的瓜果点心一下子沉了。我再走不动，她妈妈回头看我，我定了定心，说："阿姨，我有话要告诉你。"

她妈妈面上的笑卸了一半，表情肃穆起来，看着我说："阿姨也有话跟你说。"

我们面对面站在街上，江南冬天里的朔风一股股吹过寒气，慢慢的浸染到我们的心肺里。既冷，又疼。

"陈晨，你现在有两个选择。要么娶我的小女儿，要么离开她们！我两个女儿你都不要见了！"

原来她已经知道，她什么都知道。

讲完这些话，她就走了，留下我一人在两个选择之间，在晨与暮之间。

那天我想了很久，记忆在时光中飘荡，我想起陈晨在早春时红了的耳廓，而那红转瞬又变成陈暮在车站接我时穿着的大衣。我想起陈晨书信间女童似的可爱，而那可爱须臾又变成陈暮如莲声音里的可亲。我想起陈晨要去上海说"终于一起"的欣喜，而那欣喜刹那又变成陈暮说"我要嫁谁我自己来选"的动人。

我从早想到了晚，由晨想到了暮。

我痛恨自己起来，与她们相比，我竟是那么的自私与卑贱。陈晨何其无辜，陈暮何其无奈。而我注定此生只能负责一人，辜负一人。

负责和辜负，是同一个负字，而我心里终究也有了唯一选择，最后答案。

10

又见陈暮还是在她家里，她也还是在收拾东西。前一阵搬去新房的那些又如数搬了回来，书架里渐渐满了，塞满了书，却也塞满了主人的沉默。

静坐在她身旁，我实在不知怎么开口。而她似乎已经从空气中读懂了我要说的话，替我说了出来：

"对我妹妹好点儿。"

那一刻，我哭了。

她的勇敢恰似她那一抹温柔。

"就像是两个精灵，安息在蔚蓝天穹，他们相爱，但已精疲力尽。"她轻轻念出这首诗，笑了笑，重新把它珍而重之的压在玻璃板底下。阳光反射在玻璃上的光芒，像是棺椁被掩埋入尘入土的最后一丝光亮。我与她，一切都沉寂下来。

"对不起，你来晚了。"我深深吸了口气说，这是我能寻觅的唯一借口，将残忍抛给时光。

陈暮似乎耸了下肩，我没来得及看真切，她便转过头，向我张开了双臂。

我站起来，紧紧的，紧紧地拥抱了她。

那是我与陈暮一生中最近的距离。

11

1993年，我与陈晨结婚。

喜帖上写着"陈晨和陈晨的婚礼"，同名同姓的缘分，又成就一段茶余饭后的佳话。

1995年，儿子出生。

2000年，我出国进修。

2004年，归国，儿子已经会编关于他并不熟悉的爸爸的作文。

2010年，我调任北京。

2012年，兴许是担心末日，妻子儿子一同搬到北京陪我。

我以为我的人生简单，但粗写仍要几行字，细写大概也要几页书。人生有了婚姻孩子，为显得传承的厚重，自然就丰沛复杂起来。

而陈暮，我实在拼凑不出这许多文字。

她一直未嫁。

后来她爸妈也张罗给她介绍过，可她姑姑怕这边介绍的对象，结了婚便又成这边的人，不能送她的终，就借故十二分的挑剔。一来二去，也寻不到合适的。而陈暮自己也不去提做主婚事的话了，一副可有可无的样子，慢慢就耽搁下来。年过35时，她干脆不再动这个心思。

陈晨替她姐姐可惜，我却连可惜的资格都不敢有。

只能哑着，看着，苦着。

年前，她姑姑病了，大夫话里是情况不妙，我和陈晨一起赶回了上海。

老人躺在病床上，似乎和被褥混作了一团，昏昏的，皱皱的。我们去了，她话也不多。

陈晨跟我说，姑姑心里有事，生怕最后被撂下，便生死都捆住陈暮，总给她点别扭。我不好说什么，可临走那天，她姑姑却当着陈暮的面说："还是陈晨有福气，你爸妈也能得济。陈暮是浮萍，连着我也是没根儿的人。"我眼见陈暮脸色一阵青白，再按捺不住，接口道："您放心，我也给您养老！"

陈暮眼波流离，我猛地想起，这话二十年前仿佛也说过的。

屋里静了那么一霎，陈晨便圆场，安抚她姑姑，有姐姐就有我们。她姑姑终于抓住了稻草，心里宽慰，拉着陈暮哭起来，陈暮的眼泪落下，而我已不敢再看。

12

陈晨说到做到，过年时就催促我把陈暮和她们姑姑接来北京，玩玩散心。

她姑姑十分高兴，彻底宽了心，再不为难陈暮。儿子也很喜欢大姨，陈暮从小就宠他，来了尽在他身上花心思。一家子团团和气，其乐融融。

晚上，陈晨与我商量起陈暮的事，她的意思是若是以后姑姑没了，陈暮年纪大了，就接她到北京和我们生活在一起，也好照应。

我没什么可说，想想我这一生能许给陈暮的，竟然只是垂垂老矣时的一个屋檐，一羹一匙。

陈晨不知我的心思，还笑起来，说："姐姐倒是从开始陪我们到最后。"

"什么意思？"我随口问。

"当年是姐姐先知道你的，她初中同学和你一个年级，告诉她有个男生和我同名，她讲给我，我才知道你。"

我脑子轰的一响。

陈晨接着说："还有在寺前那次，那天我不敢去的，一定要姐姐陪着我，你没看到，我撑伞走来时，姐姐就在我身后，她陪着我们绕了一圈的湖，后来对我说，你是不错的人，这我才和你好的呢！"

响声越来越烈，终于在我胸口炸出一个缺口，岁月春秋呼啸而过。多少年来，寻不到出路的思念与心疼沿着这条路奔走，我再拉不住它们，惊醒时，我已泪流满面。

"对不起，你来晚了。"

这是彼时我对她说过的话。

而今我终于明白，她一直在，晚的那个人是我。

13

第二天的暮光中，我推开了她的房门。

陈暮正在给我的儿子织毛衣，她抬头看我，脸上挂着亲戚间的笑。直到我慢慢走近，蹲到她身前，她看清我的神色，那层笑才褪去，露出许久不见的容颜。

"一辈子，太久了啊。"

我有些颤抖地说，陈暮于我的，是她的唯一人生。

她愣了愣，垂下头，紧紧攥住手里的针，过了半晌，轻轻地说："不过每天由晨至暮。"

我静静地望着她，她安宁地望着我。

时光间刻上了我们的名字，一日太短，一世又太长，黎明总是见不到夕阳。晨与暮，哪怕不曾相聚，但也从未别离。

我想了很久，站起了身。

14

后来，她又拿起毛衣针，娴熟地织起来。

而我，走出那间屋子，又回到我的世界。

我们的这一生，又一天的由晨至暮。

没关系，反正每一天，都是由晨至暮的。

生生世世，宇宙洪荒。

鸟

/////////////////////////////////
/////////////////////////////////
///////////////////////// 文 \ 马拓

HỘI THÁNH TIN LÀNH VIỆT NAM
CHI HỘI SAIGON

我可算知道，人倒霉，喝水不是塞牙的事，而
是尿急的事。今天不知中了谁的咒，大早上起来到公
司，在车库看见总经理正给一人下跪。我吓懵了，定
睛一看原来是给人系鞋带，那人正是女秘书。女秘书
朝我诡异一笑，笑得我抱头鼠窜，一出电梯就摔了个
嘴啃泥。他妈的，平常破地板砖脏得比砂纸还磨脚，
今天偏给擦得油光水滑！
　　果然，下班前老总就把我叫到办公室，以工作为
名，说东说西就是没个正事，给我倒了无数杯茶，你

不喝还显得不识抬举。最后老总说，行啦年轻人，好好干是块当领导的料，可咱这行水浅王八多，就怕你没个正心呀！我差点冲口而出：当领导有什么体面的，到头来还不是得撅着屁股给女人系鞋带？

我一路骂着，到车库才想起女朋友小洁已经把车开走了。她今天同学聚会，不让我去，却得开我的车，说是这样能躲过喝酒一劫。多么智慧的言语，我绞尽脑汁都没找出一点儿破绽。

等脑子里再有别的事时，我已经坐在出租车上。可想的事真多，全是工作，比如那款手机的广告模特，是用比基尼的大美女还是披头散发的摇滚男？比如那款新出的牙膏，这回该换什么贝壳敲一敲了？比如那个无比冷清的婚恋网站，搞个什么噱头才能吸引无数剩男剩女？再比如……哪儿有厕所。在领导那儿灌了太多茶，再加上司机的急刹车，我一猛子扎下去，几乎要就地解决了。我赶紧招呼："师傅停车！"

钱也不用他找了，我推门一冲，没想到外头还过来个要打车的胖子，我俩正撞一满怀。要命的是那胖男人还抱着杯酸奶，全洒我裤裆上了。我说："我操！"胖子也慌了，伸手就帮我抹，把那几缕白丝丝的酸奶抹得更加艺术，似有似无若隐若现，不往歪里想的肯定是未成年。我一把推开他："你他妈的有病没病？"

胖子忽然盯住我，然后露出拉锁一样的大白牙："你是丁乐？丁乐！我是周晓光呀！"

我一看，想起来了，这家伙竟是我高中同学，小时候就营养过剩，性格又弱，恨不得天天被人当球踢。不过好在会门手艺，钢琴弹得还不错，后来我们组乐队时还找他当了键盘手。记得原先我们在学校排练，他没按时回家吃饭，他爸举着炒勺到学校来捉人，俩人绕操场跑了好几圈。现在再看他，得有七八年没见了，但脸上那纠结和无辜却一点儿没变。

我笑喷出来："你大爷，你还活着呢？"

"你都没死我能死吗？"他挥手捶我，酸奶又往出涌。

"你这是奔哪儿去？"

"这都看不明白？"他指指酸奶，"晚上乐队哥几个聚聚，估计少喝不了，得准备准备呀！"

"你还玩儿着呢？"我纳闷地看着他，递烟。

我们俩坐在马路牙子上抽烟，我突然有种穿越的感觉。很奇妙。

晓光志满意得起来："你不知道？也是，你都销声匿迹多少年了。现在大宝、普爷、刘博都在呢，还都那副德行。反正今儿也碰上了，老天这么安排的，你也跟我一块儿露个面吧。知道的理解你工作忙没闲工夫，不知道的以为你混好了不搭理哥几个了呢。"

我看着他，挺长时间不见，也不知道这家伙肠子多了几道弯。周晓光见我没话，一巴掌又拍我肩膀上："嘿，瞎琢磨什么呢，是不是怕我们灌你呀？"

"瞧你得瑟的，你知道我平常是怎么跟领导跟客户喝的？你们他妈的是为了玩儿，我可是为了活命，你说我能比你怕喝？"我瞅着他的酸奶，"这个不管用，真想让你趴下，凉水都能灌死你！"

说到这儿，我才发现还没解决呢，赶紧拽着他四处找厕所。这是条商业街，寸土寸金，连饭馆都得走出好几里。我越走越慢，都走成内八字了，痛苦得不行。晓光瞄了瞄四周，飞快把我拉进一墙角，说："就这儿吧！快，我陪你。"

说着他就解腰带，我头皮一麻："这行吗？过人怎么办？"

"过人能吃了你！"他俩眼一眯，底下就一泻千里了。

完了事，我大口呼气，俩腿像卸了铅。晓光朝我笑："瞧你那样！又不是第一回了，你忘了咱们去十二中联谊那次了？"

那是老黄历了。当时乐队刚成立，只有我、大宝、周晓光三个人，却竟然声名远播，年底外校都点着名要我们去演出。结果中午吃咸了，喝水就喝多了，一伙子人四处找厕所找不着，只能在宿舍楼后面一个角落解决，没想到地上有个耗子洞，眼见自己老窝被淹忍不了了，冲出来要跟我们拼命，我们裤子还来不及提就四散而逃，正赶上一群洗澡回来的女生，个个顶着毛巾跟阿三似的大喊有色狼，害得晓光被活捉，学校来了人才把我们保出来。最后上台表演时全是起哄的，大家都喊："再脱一个！"

想起这些，我跟晓光都红着脸，要笑又都憋着。

一路上晓光就跟我讲大家混得怎么样。他说自己还好，跟哥们合伙开了个录音棚，成天除了接点儿散客就是自己耍，虽说偶尔赔本但好赖有事做。大宝不怎么样，至今还是待业青年，去年找了个女朋友，好歹知道去酒吧唱唱歌挣几两碎银子。普爷、刘博现在自己单干，主要是帮一些公司写写歌，运气好了能带着哥几个走走穴什么的，但也都是赔本赚吆喝，没大气候。到最后，晓光长叹口气："真没想到啊，当年最红的主唱摇身一变成了白领了，蝎子粑粑毒（独）一份呀！回头当了领导什么广告用得着我们，招呼一声啊！"

我心想，要真到那天，我他妈系鞋带还系不过来呢！

正说着就到了KTV。我认得这地方，原先我们找不到录音棚时净来这里录小样，弄得校领导好几次都问我们找没找小姐。我们常常异口同声：您要给报销就找得起！

头一个看见的是大宝。大宝是我高中时最好的哥们，那会儿我们两家离得近，我老去找他抄作业。大宝人聪明，长得也精神，在老师那儿一直是重点培养对象。后来就因为玩乐队这事跟学校闹翻了，愣是因为早退给了他一处分。后来我们就合计，要不然给那矮个子校长编首歌，就改赵传那歌："我是一个校校校校校长，想要长，却怎么长也长不高！我寻寻觅觅寻寻觅觅一副增高的良药，这样的要求算不算太高……"我们到处唱，最后的结果就是当着我们所有人的家长又办了一个演唱会。唉，那是相当惨烈。

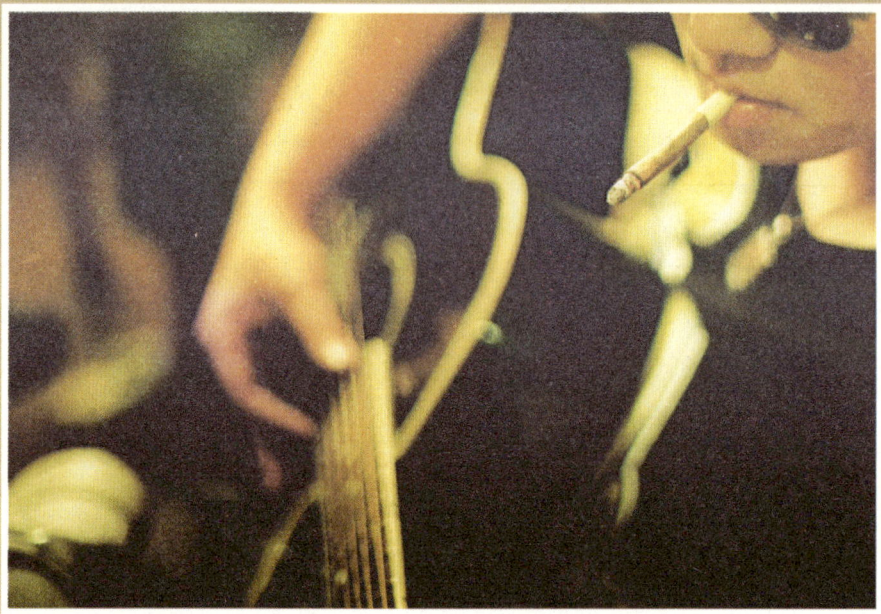

　　大宝正在点果盘，他还是老样子，刺猬头，套头衫，脖上闪着金链子。我下意识拍脑门：原来我们已经六年没见了。

　　晓光吼他，指我："嘿，看看这是谁！"

　　大宝一笑："丁乐！"

　　我卡了壳，脸上也是笑着，却不知怎么招呼。也许因为以前太熟了，现在无论怎么反应都会有点儿假。

　　大宝跟我差不多，别的没说，只问："最近怎么样？"

　　我说："还凑合吧。你呢？"

　　后来我想也许不该问这个。谁都知道他挺落魄，尽管他自己不一定这么想。

　　他只是说："我也是。走，上去吧，刘博和大普都等着呢。"

　　上楼时我们突然都没了话。我看着他俩的背影，离得那么近，几年来头一回。其实毕业后我见过大宝一次，在一个产品的推广会上，我看见他给一个乐队当鼓手。那会儿我是策划，离着远，工作多，领导管，反正就是抽不出空过去。后来活动一结束我再找他，他就没影了。现在我猜，他那次是不是早就看见我了？

《私》读者问卷调查——丰富礼品，等你来拿！

　　各位童鞋，想免费赢得下一期的《私》嘛？想要市面上买不到的《私》独家的丰富礼品：私明信片、私卡贴、私T恤、私购物袋嘛？那还等什么，拿起你的笔，认真填写我们的读者问卷，6月15前邮寄回我们的编辑部，你就有机会赢取这些奖品。获奖名单会在下期一《私》中公布！

1. 你最喜欢的栏目是？（　　　）
A、私小说　　B、私访　　C、私记忆　　D、私超市　　E、私献　　F、私信笺
G、其它（请在横线中简要说明你想看的栏目）

- -

2. 短篇作品中你最喜欢的作品是？（可多选哟）（　　　）
A、晨与暮　　B、鸟　　C、你让我必须相信天堂　　D、早已久远的北京往事
E、千屿千寻　　F、丹意　　G、光明城池　　H、写给1988年暑假的高晓松

3. 除了《私》现有的作家，你还希望看到谁的作品？

- -

4. 你希望参加《私》举办的哪些活动？（　　　）
A、图书签售会　　B、校园巡讲与作者畅谈　　C、主题读者派对　　D、私夜宴
E、其它

- -

5. 你是在哪里购买到《私》的？（　　　）
A、书店　　B、报亭　　C、网购

6. 你的年龄是？你的性别？
- - - - - - - -岁- - - - - - - - -生

7. 你的收件详细地址是？

- -

8. 你的联系电话是？- -

9. 你对《私》的整体印象和建议是？

- -

请将此页邮寄到如下地址：北京市朝阳区安外小关北里甲2号渔阳置业大厦B座701室
**　　　　　　　《私》小说编辑部（收）　　　　邮编：100029**

你就有机会赢得限量版作者亲笔签名《私》明信片、《私》记事本等，多多礼品哟！

也欢迎随时发电子邮件给我们哟~~
Email：sixiaoshuo@vip.sina.com

我们的围脖儿：新浪围脖儿：http://weibo.com/sixiaoshuo
　　　　　　　腾讯围脖儿：http://t.qq.com/Private-books

《私》一期有奖问答名单：
曾昭蓉　李雪岩　陆珊珊　陶强强　田添　郑舒娅　付少晴　地球　朱晨蕾　刘杰

鼓 励 此 页 直 接 填 写 寄 回 编 辑 部 赢 得 丰 厚 奖 品 ！

《江山美人》
作者：秋夜雨寒

《我欢就好》
作者：白槿湖

《独奏者·沉迷》
作者：浅白色

《遇见》
作者：半灵

《钱多多备嫁记》
作者：人海中

《如丧·我们终于老得可以谈谈未来》
作者：高晓松

《至少还有你》
作者：怀玉

《将夜·花开彼岸天》
作者：猫腻

《子弹飞过同学会》
作者：刘誉

《一个人的日子》
作者：安雯

《蛊惑时空的旅行》
作者：所以因为

《赌狼》
作者：忽然之间

《倾国》
作者：妩冰

《全城裸恋》
作者：卓越泡沫

《白露为霜霜华浓》
作者：竹宴小生

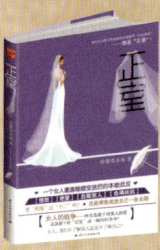

《正室》
作者：紫苏水袖

一口顺滑，遇见好心情！

出了电梯大宝问我，还跟梦梦有联系么？

我说："早没了，她出国了。"

他说："哦。"

进了包房，刘博和大普冲我尖叫半天。他们俩都是后来进的乐队。刘博是晓光带进来的，当时他刚高一，也是出了名的问题少年，最火的一次气得老师抓起鼠标就朝他扔去，结果鼠标摔成八瓣，学校也不知该让谁赔，到现在都是笔糊涂账。大普也是关系户，但贝斯玩得确实好，据说还跟某某大歌星有交情，但久经我们考验之后被认定为吹牛。他爸原先有辆捷达，有一回我们去他家玩儿他让我开着带他去买酒，我就真敢开，半路上闻见一股煳味儿，他吓个半死，说："要爆炸了！"然后就抢钥匙熄火。后来我才发现是没放手刹，到现在估计他爸还蒙在鼓里呢。

角落里还坐着一个姑娘，马尾辫牛仔裤，一张小巧的脸。我冲口而出："尤梦梦？"

晓光给我一拳："瞎说什么呢，你再看看，这是大宝的女朋友！你那梦梦早到国外傍大款去了！"

我一看还真不是。要说是，也是六七年前的尤梦梦。她当时也算我们乐团的半个人了，当时还是误打误撞认识的。那会儿我们在宿舍楼顶层排练，特纳闷，楼底下总是叮叮当当地响个不停。我趴在地板上监听，好家伙，脸盆声、音乐声、喊声、啥动静都有。大宝说：不会是有人捣乱吧？于是我们下去一看究竟，摸索了半天，才锁定一个屋。可那是女生宿舍，男的哪敢越雷池一步？大宝可不管，猛一推门，正看见一群女生群魔乱舞，有的举着高分贝的录音机，有的正举着扫帚敲顶棚，中间那个最夸张，站在椅子上一手拿脸盆一手拿饭勺，敲来敲去跟鼠来宝似的。

女生们见我们都傻了，有的还穿着睡衣，尖叫一声全往被窝里藏。唯独椅子上那女的还愣着，成了泥胎。大宝一吼："你们有病呀！"

泥胎活了，也吼："你有药是怎么着？"

"我们练歌呢！"

"我们也练歌呢！就许你们吵得人睡不着觉？跟猫叫春似的！"

吵架我们都不是对手，只能糖衣炮弹，请这位女老大吃饭。饭后，为了证明我们不是猫叫春，我们又正儿八经地给她唱了几首。我记得特清楚，当时唱了首《蓝莲花》，还唱了首《我终于失去了你》。最后竟给那姐们唱哭了。神经质的女人都这样。我们都猜，她肯定是想起了自己某段惊天地泣鬼神的爱情。

尤梦梦就是这么一人，好在人长得好看，又是乐迷，很快就跟我们打成一片。再后来，我就追她，但班主任百般阻挠威胁，到了毕业也没什么进展。还有一个原因，就是一次喝醉酒，我听刘博说大宝也对她有意思。这就有点儿拧麻花了，我当时想，去他妈的，回头鸡飞蛋打的，不值。

一首歌响起来，正是《蓝莲花》，周晓光唱得起劲。大宝的女朋友叫方菁，过来问我想唱什么，我说先不唱，先跟大宝聊聊。大宝开了两瓶酒："这些年死哪儿去了？从毕业就没见过你，也搭上那时候都没手机，你也搬家了，怎么就不能给我打个电话？"

我说："嗨，瞎混呗。大学在外地上的，实在找不着你们的电话了。毕业后郁闷了一段时间，好不容易找到工作，又成天脚打后脑勺地忙，以前的同学都没什么联系了。"

"还唱吗现在？"

"早不了。哪儿有时间啊。听说你还唱着呢？"

大宝就给我讲最近这些年他是怎么过来的。他没考上大学，大专上了一年就退了，然后天天在家蹲着，胡思乱想，漫无边际。写过一些歌，录过一些小样，给唱片公司寄去，都是石沉大海。这太正常了，这简直就是必然，我想。梦是最毁人的。更可怕的，就是有人还就醒不来。

还好晓光他们一直在周围，算是有个乐队有个录音棚，没事还能自娱自乐。家里人都劝他，找个正事做，别削尖了脑袋往黑洞里扎。大宝听不进去，好几次跟家里闹翻，还自己出去租房住过，最后还是灰头土脸回来了。回来时带个女朋友，就是现在这个方菁。方菁是在迷笛音乐节上跟大宝认识的，俩人都是听众，欢呼时莫名其妙就抱到一起了。

我又想到梦梦，竟主动提起她："尤梦梦出国的事你不知道？"

"不知道，"大宝一瓶酒空了，又继续开，"就知道她后来跟你好了，今儿要不是你来，我还以为你们俩在一起呢。"

几口酒下去，我舌头一快，说："她到国外跟人结婚去了。"

过了一会儿我又说："其实她还是跟你合适。后来她说跟我没共同语言了！"

我一瞄，方菁就在大宝身后。我做了个抱歉的手势，大宝说："没事。"

刘博和大普正在那边高唱，我们互相扯着脖子喊半天都听不清说什么，索性不说话，喝酒。我明天还得起早开车，不敢多喝，光看大宝一会儿一口，还到处找瓶起子。好不容易那边吼完歌了，我说："你少喝点儿！"

大宝说："你甭管，我高兴。"

一会儿他又说："这些年确实挺难的。不过我就不明白你怎么就没信儿了！这些日子我老是想，要是咱们还在一块儿，那再不容易我也认了。"

我靠在沙发上，看着天花板上花花绿绿的灯，心里忽然冒出好些问题，但冒出来又沉下去了。太正常了，这些问题不敢面对我，它们怕我。是我太狠，扔了一些东西，连自己都不许说三道四。我都把自己策反了。现在想来，这些年，我是一个没故事的人。没故事的人兴许一身轻，但真正轻起来，脚就离地了。我在天上飞着，风大雨大，冷暖自知，还得不断宽慰自己毕竟是飞着，是在俯视别人。现在我看清楚了，我俯视的，都是别人怎样跋山涉水怎样策马奔腾，可我他妈的连石子路还没走过呢！

电视里的赵传戴着鸭舌帽，一脸沧桑。大普乐感不行，吼了几句吼成了说唱。刘博的烟头烫到手，大声嚎啕。晓光和方菁笑得上不来气，饮料喷一地。不知谁点着烟，烟雾阻隔着我们，又把我们包到一起。我才发现，这屋里除了烟雾已经什么都没有了。

大宝喝高了，我呢？

一首歌又响起来，方菁叫我和大宝唱。拿起话筒我才发现，是赵传的《我是一只小小鸟》。晓光他们在边上喊："正经唱啊！别唱校长版的！"

我这边还有点儿无所适从，那边大宝已经开始了。他还是那副烟酒嗓，穿透力极强。而我不知道是肺活量跟不上还是喝高了，刚一张嘴就有点儿缺氧，脑袋一沉，朝屏幕冲刺过去，幸好被晓光抱住。

"我是一只小小小小鸟，想要飞，却飞也飞不高，我寻寻觅觅寻寻觅觅一个温暖的怀抱，这样的要求算不算，太高……"

我说："差不多行了，回去吧。"

大宝看我一看："回去？走跟我去酒吧，我还有个场子没赶呢。别人能走，你可不行。"

晓光他们都撤退了，我被大宝死拖活拽地到了他驻唱的夜店。那里是更大的战场。所有人都触电似的乱蹦，一屋子电光火石，有个女的在台上唱LADY GAGA。说实话我对夜店不陌生，上个月还跟客户来过，没喝多，所以还成功勾搭上一草根小模特。虽然没什么下文，却有莫大的成就感。不知为什么，此刻和大宝、方菁一起再来，我却怯了场。这里的所有光、声、人，都像股坚决的力量，把我往上抛，随便哪里，反正这里不要我。我都失重了。

大宝和几个熟人打招呼，方菁把我拉进一个座位。我只能跟方菁说："他喝多了，甭让他唱了。回头要出事。"

方菁说："甭管他。他最烦别人管他。"

方菁真是个刚刚好的女孩儿，从来宁静而顽固，让你没话。

一只手把我提起来。大宝把我往台上拽，我说："干什么啊？"

他也不说话，我再反应过来，已经是万众瞩目了。大宝对着麦克说："这是我从小的哥们儿，今天来到这儿，我特别高兴！"

我知道他要干什么了。我太了解他，所以脚底直发颤。

"今天，就在今晚！我给大家介绍我这位哥们儿，我希望你们所有人都认识他，他比我有才，嗓子也好，只不过没走这条路。大家给个面儿，我们俩好好唱一首！"

底下一群人刚疯完，都大汗淋漓地愣着，眼睛比灯泡还亮。

一会儿有人嚷嚷："别废话了，唱吧！"

"就是，来首硬的！"

"练什么贫，赶紧招呼！"

大宝冲后面乐团喊："白衣飘飘的年代！"

底下人都没反应过来。天知道这校园民谣怎么会出现在这种场合。可是音乐响起来，我又入了化境了。大宝的声音跳过时空，竟和小时候、学校里、毕业时一模一样："当秋风停在了你的发梢，在红红的夕阳肩上，你注视着树叶清晰的脉搏，她翩翩地应声而落，你沉默倾听着那一声驼铃，像一封古早的信，你转过了身深锁上了门，再无人相问，那夜夜不停有婴儿啼哭，为未知的前生模样……"

秋风停在发梢，听着矫情，想着还就是伤感。秋风只在过去，现在有的只是沙尘暴。我笑笑，什么时候，我也这么明目张胆地留恋了？当初策反自己，现在难不成又叛变？我还真是奸。人最怕的就是，给你一个真正的舞台，让你尽兴、光辉，然后再把你轰走，狼狈离去。但是没有声音会告诉你，那不属于你。没人会把嘲讽明着来。

我鼻子一酸，听着这不太懂的旋律，又扛不住了。大宝给我留出副歌，我却不知道怎么开口。台下的人莫名其妙，张嘴闭嘴地骂着，我脑子更乱了，胸口什么东西顶上来，一趔趄差点摔下去。

有人喊："什么东西！滚！"

麦克风从大宝手中飞出去，那人应声倒地。几个人冲上来，一群女的尖叫着想跑又舍不得。我看见大宝和几个人扯在一起，没两下就被人压得严严实实。我愣了好几秒才冲过去，胳膊腿还没协调呢就也趴下了。混乱中我听见方菁大叫着，一会儿哭一会儿骂。声音里还有劝架的、起哄的、报警的，乱作一团没完没了。我被人雨点一样踢着打着，一会儿清醒一会儿糊涂。清醒时我会想，这就像是仪式，提醒着你什么并让你忘了什么。糊涂时我就开始做梦，梦见的都是以前乐队里的杂七杂八。我不知道除了这些还有没有别的！

我们是怎么被保安扔出来的记不清了。我只记得在马路边上大宝问我："你还记得咱说的水晶棺材那事吗？"

我想起来了，有一回演出回来我们闹内讧，具体原因忘了，反正是芝麻粒大的事。大普买了几瓶啤酒让我们喝，我们不喝，他就把自己灌醉了。然后酒瓶子碎在他手里，他说："都别他妈那么贱，就算这乐队红透全中国了，我就不信咱到死还能在一块儿！"大宝当时就给他一嘴巴，说："我还就告诉你，我就把这乐队当棺材了。棺材怎么了？水晶的！躺到里面死也不能算死！你觉得没劲你滚蛋！"

我知道了，现在滚蛋的是我。我笑笑，所有关节恢复了知觉，疼得要命。

大宝喝太多了，一直吐着，吐了方菁一裤子，她也顾不上擦，跟我架着他到路边打车。我说："你们行吗？我女朋友一会儿开车过来，我送你们回去吧！"她笑笑，说不用。

好不容易出租车来了，司机小心翼翼地打量我们这阵势，看见醉鬼不太想拉。方菁比划着叫骂："我记你车牌子了！小心我投诉你！"

我们把大宝扶上车，方菁又跳出来，红着脸问我："实在不好意思，借二十块钱行吗？"

我从上衣兜里掏出一百，方菁转手给司机："破开。"

她把剩下的钱还我，回眸一笑，跟我拜拜。也该说拜拜了，在我眼前，那出租车就变成了水晶棺材。我的高中也变了水晶棺材，还有我们以前练歌的宿舍楼、以前演出时的舞台。我的兄弟还在里面继续着他的梦，而那里面已经没我的位置了。这就是生活，有时候无可厚非，有时候又痛彻心扉。谁他妈知道谁更渺小？

女友还没来。回头再看，车门没关，大宝的脚搭在外面，方菁正蹲着给他系鞋带。

那一刻，我眼泪夺眶而出。

你让我必须相信天堂

——我和我的猫（一）

///////////////////////////////////
///////////////////////////////////
/////////////////////////// 文＼辛夷坞

本来说好是要写一篇关于黄豆宝的文章的。黄豆宝是只猫，性别男，两岁零三个月，金牛座，美国短毛猫和加菲猫的混血儿。但是在说起它之前我却想要说说另一只叫小傻的猫，虽然有些离题，但是没有这一段经历，就不会有后来的黄豆宝。

小傻是只黄色虎斑的母猫。它刚被我的一个同学送到我手里的时候大概四个月左右。而我那时是个刚从学校毕业，工作三个月不到的职场菜鸟。说真的我看到它第一眼的时候并没有多少喜悦的感觉，最主要是因为我连能不能好好养活自己都存有怀疑，当然也没做好养活另一个"活物"的心理准备。另一个说不出口的原因是——依照我对猫的朴素审美，最起码希望能得到一只花猫，而这只被我同学装在破纸箱里的小猫太其貌不扬，不但瘦巴巴的，看上去还又黄又脏。

可当时我那位同学话说得滴水不漏，她说这只小猫是老家母猫生的其中一只，没有人要，家里人打算扔掉，她于心不忍带到身边，可是她和男友的新家正准备装修，没精力也没场地收容养活那么多只猫，只得将四只小猫分头送给几个朋友寄养，并承诺只要等她装修完毕就可以马上把猫接回去。

她既然都那么说了，我拒绝的话也不好说出口，再怎么说任凭这么小的一只猫去流浪是挺残忍的，反正都是寄养，几个月很快就过去了。于是我点了头，如履薄冰地将那个装了猫的纸箱捧回我简陋的单身宿舍。当时我怎么会想到，这"暂时的寄养"一晃就是五年多，原本的小黄猫长成了将近九斤的大家伙，它的原主人、我的好同学从结婚到身为人母，房子装修了一套又一套，但是再也没有主动提起过这只猫。当然那时这猫已经成为了我生活的一部分，无论如何我也不会让它离开我的身边，哪怕是回到原主人那里。

小傻是只母猫，其实它一点都不傻，相反它大多数时候都显得异常冷静且警醒，甚至有些冷漠。平心而论，它不是只可爱且善于讨人喜欢的宠物。我第一次给它洗澡就被狠狠咬了一口，不是牙齿擦破了皮，而是豁出去的咬，像对待宿敌一样，我手指上立刻多了个汩汩冒血的小洞。当晚我灰头土脸地独自去打针，回来的途中正赶上一场暴雨，手上拎着重得要命的猫砂和两大袋猫粮（因为我煮给小傻的肉粥它闻都不闻，可怜我平时是个只吃食堂和快餐的人，好不容易给它亲手折腾出一顿晚餐却遭到如此冷遇），被淋得像落汤鸡一样，被咬过的伤口还隐隐作痛，哭都哭不出来，觉得自己简直是全世界最大的倒霉蛋。

虽然我幻想中人猫一见如故的场景成空，但是猫砂和猫粮小傻都适应得很快。它一直都很聪明，聪明的人容易对一切充满戒心，也许猫也一样。刚和我一起生活的大半年里，小傻甚至从未在我面前睡着过，无论它睡得多熟，在我靠近或发出响动之后，它会马上睁开眼睛警惕地看着我。随着相处时间渐长，它大概是彻底相信我没有要伤害它的意思，这才逐渐放松。很难形容我第一次看到小傻闭着眼在我面前舒展身子时的心情，好像刹那间彻底相信了付出了就一定会有回报。那份喜悦让我忘记了最初收容它时对自己的告诫：它不喜欢我，我也不怎么喜欢它，反正只是临时替朋友照顾而已，只要不出差池就好。

在我动了把猫占为己有的念头后，小傻也没有对我特别亲昵，依旧不让抱，只在我回家的最初几分钟会在我脚边转悠一会，很快就该干吗干吗去。它似乎并不需要我，自己有自己的世界，反倒我比较没出息。它出现在我生活最低谷的阶段，除了一份工作外一无所有，一个人吃饭，一个人出门，一个人回家，一个人过每一个节日。孤独根本不像歌里唱的那样有情调，它只会让人觉得晃晃悠悠没个着落，什么都不是。

　　小傻就这样成了我唯一的伴，哪怕它不怎么搭理我。它做得最多的一件事就是坐在宿舍老式的窗台上看着外面。我住处在单位大院里最偏僻的角落，窗外没有什么风景。我猜它是在看飞过的鸟。别误会，小傻从来没有什么易感的情怀，鸟儿只是它的猎物，我亲眼看到过它闪电般伸出爪子将飞过的一只麻雀拍进屋里奄奄一息，它好像一直都这么野性难驯，没有什么是值得它害怕的。我带它去宠物医院打针，它把医生的手抓出几道血痕。抱它到楼下转转，它和邻居家的吉娃娃打架，最后以小狗受伤去了医院，我赔钱赔不是收场。同事过来串门摸它的头示好，引来它一顿咆哮。朋友家养了只小白猫，带来跟它"做朋友"，被它无情地驱赶出门外。有时它惹我生气，我大声斥责它，它不但不会收敛后退，反倒会扑过来朝我示威，若我用卷起来的报纸教训它，它当真会摆出和我一决生死的架势，而且有一种宁可吃亏也绝不服软的劲头。每逢节日，我住处不远有人燃放烟火爆竹，它丝毫不惧剧烈的声响，饶有兴趣地坐在窗沿欣赏。

　　可以这么说，我认识的人里，但凡见过小傻的，没有人不劝我别养了，就算想要养只小动物，大可以挑只温顺可爱的。就连宠物医院的老医生也说开店这么多年，没见过这样野的家猫，并坦言这样性格的动物并不太适合作为宠物。其实就算是我自己也说不出这只猫到底有什么优点，它长得不好看、性格彪悍冷酷，但同时我也说服不了自己不要它。若是它温柔可爱，我尚且可以为它觅得另一个合适的主人，可它这副样子，如果我不要它，它无处可去，只能成为流浪猫。当时我住在二楼，如果忘记关窗，小傻有时会跳出去游荡。附近很偏僻，围墙外就是荒郊，时常有大型的流浪狗出没，我总怕它打架会吃亏，更怕它回不来了。每逢发现它出走，我都会四处寻找，它通常不会跑得太远，听到我叫它会从草丛里钻出来等我捉它回家。有一回找到凌晨也不见它的踪影，我以为彻底把它丢了，没想到日次清早一打开门发现它就坐在楼道里。这至少证明了在它心中是有"家"这个概念的，它并不想离开我去流浪。

有一次我下班，邻居家在楼下晒被子的退休老阿姨半开玩笑地告诉我，我家的猫会接送我出门回家。她说每次我上班的时候，小傻就坐在窗台看着我走，当我回来时，只要人影刚出现在宿舍楼前的路口，它就会窗台上消失了。说者无心听者有意，后来我暗自观察过好几回，果然如此。我出门时，它铁定坐在窗沿，视线一直跟随我，直到我看不见它，要是我在楼下喊它的名字，它会用叫声回应我。我回来时它之所以跳下窗台，是因为它已经蹲在门口等着我了。这个发现让我忽然觉得自己没那么孤单，因为最起码还有一只猫在等着我回家。哪怕回家后它也不黏着我，哪怕它等我也许是为了吃一顿新鲜的猫粮，可我和它之间确实是存在着某种联系，我们是相互依存的，我绝不会丢弃它。

有可能是一种心理暗示，自从我察觉到小傻还是渴望有我做伴的，我对那个空荡荡的单身宿舍竟也多了几分依恋，不再像以往下班后还加班为由在办公室逗留到很晚，有事出去也会尽可能早地赶回来。别人都有点怕小傻，但除了第一次洗澡被它咬了一口之外，它从没有主动攻击过我，生气时扑向我，也鲜少会伸出利爪。它认得出我的脚步声，能听懂我叫它的名字。停电的时候我在一片漆黑中紧张莫名，听到它的叫声，会感觉安心。在我最难过的时候，坐在地板上大哭，当时以为是过不去的坎，是它蹲在我身边静静陪着我。

后来在和小傻原主人的一次闲聊中得知，当时一窝小猫共四只，因为我住得远，她送到我那里时，小傻是最后一只。它最不好看，被抱起来时不听话地扭个不停，所以被挑剩了下来。可是它另外几个同胞兄妹，后来不是早夭，就是走丢了，只有它一直留在我身边。说缘分有点矫情，但我仍然觉得我和它是注定在一起的，它遇到我，我遇到它，都是一件幸运的事。后来我换工作，换房子，恋爱，结婚，去哪都带着它。我以为我会看着它变成一只老猫，掉牙、嗜睡，然后平静离我而去，没想到分离来得如此之快。

那是小傻来到我身边的第五个年头，当时我在上海，它留在家里。这次的分别并无特别之处，我尽情享受和朋友聚会的喜悦，总相信不久后回到家那只猫还会一样等在门口，直到我忽然接到了家人的电话，得知小傻病了，什么都不肯吃，精神很差。我立刻往家里赶，途中还想着兴许是天气太热的缘故，看到它之后，才知道情况比我想象中坏很多，它已经近五天滴水未进。

猫是一种耐受性很强的动物，一般的疼痛疾病很难压垮它们，如果到了数天拒绝进食的地步，通常情况不妙。我也不愿责怪家人在我离开时没有照料好它，因为我太了解我的猫，小傻脾气太野，包括我老公在内，没有人敢在它不情愿的时候挪动它，它会误以为受到侵犯奋力攻击，所以在我回到家之前谁都没办法把它弄到医院。要怪也只能怪我自己出门前没有发现异状，而且在外逗留得太久。

带小傻去就诊是段不堪回首的记忆，我去了我们这个城市最好的宠物医院，但没人能告诉我它到底怎么了。它也抗拒任何陌生人接近它，没办法给它量体温，输液的时候必须出动四个实习生才能将它制服，五花大绑地捆在输液台上才能勉强把针扎进去，然后的几个小时我必须寸步不离地守在它身边安抚它，以防它在身体状况极差的情况下仍然奋力挣扎。它被捆得动弹不得，不住地看着我，发出尖锐的哀嚎，像是求我放了它。我一再对它说我不想伤害它，这都是为了它好，但是我知道它不能理解。

到了后来几天，我已经不知道我是否为了它好，每次离开家都让它极度狂躁和痛苦。医生们一看到它就皱眉，我听到它被捆绑时的惨叫心就像被人捏在手里，天气很热，大家都汗流浃背精疲力竭，它只有回到家才会安静下来。因为它还是不肯吃东西，我不得不按照医生吩咐的方式用去掉针头的针管强制灌它软食，它抗拒，但挣扎得并不激烈，可能是因为它益发虚弱了，但它明显比往常更依恋我。它开始愿我抱着它，可这时我抚摸它的时候已经能感觉到突出的骨头。以前它很少进到我的卧室，后来那几天它每晚都会蜷缩在靠近我的床头柜下。

最后一次从医院回来，它精神竟然好了一些，回来的路上，老公开着车，它从猫包里爬了出来，趴在我的身上看着窗外。我们很高兴，特意去市场买了它最爱吃的海虾，看它能不能吃下一点。

回家后，老公烧水准备煮虾，小傻守在装着活虾的水池边伸爪子去捞，它很久都没有这个兴致了，以往我会阻止它玩水，但如今只要它高兴怎么都没问题。过了一会它竟然叼到了一只，摇摇晃晃地朝我走来。当时我坐在沙发上，它走到我脚边，想要跳到我身边，没有成功，我伸手去抱它，它就把嘴里的虾放在了我的大腿上。

　　那只虾还能动弹，看上去有些恶心，我当时吓了一跳，条件反射地站起来把虾抖落在地上。后来我想起这件事一直很后悔，猫只会把食物送给它最最喜欢的人，也许是只老鼠，也许是只死去的昆虫……也许是只虾。在人类看来这很恶心，但是在猫眼里，这是全世界最好的东西。

　　那天晚上我通宵都在赶稿，如果没有记错的话应该是小说《许我向你看》的结局。因为小傻好了一些，我放心了不少，希望趁机赶上落下不少的进度。凌晨三点左右，小傻从我的床头柜下艰难地走了出去，我特意停下来去看了看它，还跟它说了一会话。但是到底说了什么我怎么都想不起来了，因为我根本没有想到离别在即，那是我对它说的最后几句话。

　　早上七点，我完成了当日的进度，走出房间想要在睡前再看看小傻的状况。它当时躺在客厅的电视柜与茶几之间，生病以来它总是保持蜷缩着的姿势入睡，很久没有那么舒展。我蹲在它身边，像往常无数次那样伸手去摸它的头，在手指触到它的那刻我的心就瞬间就凉了，凉得和它的身体一样。

　　从三点到七点，中间只隔了四个小时，如果我中途出来再看看它，也许就能陪着它度过最后的时刻，但是在那四个小时里我的手没有离开过键盘，所以我甚至不知道它那时是痛苦的还是安详的，怎么会一丁点声息都没有？后来老公对我说，小傻应该是不希望我看着它离开，所以它才一心从我卧室的床头柜下走了出来。我想他大概是对的，小傻一直是只特立独行的猫，它给我留够了记忆，然后还是会愿意独自待着，它知道我就在不远的地方，说不定最后在耳边的一直是我敲击键盘的声音。

我成年后没有经历过亲人的辞世，但小傻离开对于我而言和失去一个亲人没有任何区别。是我和老公两人亲手把它埋了，我把昨晚身上穿着的睡裙换下来包裹着它，并且一厢情愿地想，它应该会愿意伴随着我身上的味道长眠。它最喜欢的玩具，吃饭用的碗我都放在它身边。回来的路上下了场小雨，说好不哭了，结果又没忍住，因为想起它从来没有淋过雨，也没有离过我那么远。

之后几天，陆续有朋友和家里人打电话来问起小傻的病情，我一概说它好一点了。老公问我为什么那么说。其实我不是故意要骗他们，只不过没有办法提起小傻已不在了的事实，哪怕别人都是好意。

我不怕有人说我傻，为了一只猫那么伤心，它陪我度过的时光、给过我的安慰和快乐比很多人都重要。我原本是个半无神论者，但小傻离开之后，我开始愿意相信有天堂，因为只有这么相信，我才能告诉自己它去了一个更好的地方。

直到现在我还经常梦到小傻，它总是坐在单身宿舍的窗台上看着我走远，虽然现实中我已经搬离那里很多年，有时候我回头朝它挥挥手，还能听到它远远地叫了一声。更多时候我拥有它的视角，像它那样看着我的背影变小，然后我才发觉我并不是一个太好的主人。它在我身边的那几年，前半段我的生活并未安定下来，它跟着我饱一顿饿一顿，从一个地方搬到另一个地方。后半段的日子我忙着适应新的生活，常常觉得它的坏脾气是我的负担。我总以为还有太多的时间，索取它的陪伴，却并没有回报它相应的关怀，它坐在窗口等待的时间远远要比我在它身边的时间长。那时我还不知道人的世界很大，猫的世界很小，人的一生很长，猫的一生却很短。

小傻离开之后，老公怕我太难过，给我带回了黄豆宝。正因为失去了小傻，我把伤心和后悔变作加倍的关切寄托在了黄豆宝的身上。我用尽可能多的时间陪伴它，细心照料它的生活，给它力所能及最好的一切。其实黄豆宝是只和小傻完全不一样的小猫，它懵懂且生性快乐，在它眼里或许这一切都是理所应当的，这也正常，世间种桃和摘桃的往往不是同一个。当然，关于黄豆宝，那又是另一个故事。

早已久远的北京往事

//////////////////////////////
//////////////////////////////
//////////////////////// 文\春树

1

那段时间我没有男朋友，身边倒是有几个身份暧昧不清的对象。其中一个叫David，是个美国人，大学教授，我们是在一家音乐网站上认识的。他开一辆蓝色法拉利，看起来很帅气。

还有一个叫Eric，也是美国人。真奇怪，我那几年喜欢的和讨厌的都是中国人和美国人，一个英国人都没有，更没有法国人或者意大利人。Eric比David要古怪多了，他也热爱文学，是个剧作家，平时最大的爱好是保护小动物。据他所说，动物要比人类高尚多了，他更擅长与动物相处而不是人。我曾很短暂地喜欢过几天Eric，那时候他看起来要比现在年轻整整十岁，头发还没秃，身材还没发胖，皱纹还没爬上他的脸。Eric真是一瞬间老起来的，不过当时我不在场，因此也就无法确定地表明他是何时老起来的。他经常在南锣鼓巷和鼓楼东大街一带的咖啡馆出没，他说他在家根本写不出东西，只有去咖啡馆才能平静。

我很快就不再喜欢Eric了，我不喜欢一个男人无法接受自己的生活处境，他对他所有的一切都感到尴尬。

Eric和David的共同之处除了他们都是美国人以外，他们还都有一双蓝眼睛。蓝得像是北京没有被污染时候的天，或者是青海的湖水。他们的性格相差千万里，我与他们从始至终都没有上过床，也没有任何超出友情的身体接触。这完全归功于我当时的低迷的精神状态，我那段时间极其厌恶人类，随时都容易被人激怒。

还有一个尼泊尔的仁兄，忘了是怎么认识的了，我与他倒是没这么复杂的内心戏，我们仅仅是萍水相逢，他在北二外学汉语，根本就不看小说。

在这种状态里，我认识了一个德国人，他叫Martin，我们是在一个朋友的生日聚会上认识的，当晚我和Martin及另外一个希腊大使馆的矮个男人一起去三里屯跳舞，我一手拉着一个人，我当时还以为那个希腊大使馆的男人是同性恋呢。

也许Eric还以为我仍然喜欢他，他有天问我我在干嘛，我说我在798看一个展览。当时我和Martin在一起，但这也没必要告诉他。Eric说我也在798，我来找你。当他看到我和Martin拉着手的时候，他走过来，脸色变得苍白，像是被欺骗了。我哈哈笑了，觉得这事很逗，即使我喜欢过他，也不代表着一直会喜欢啊。

当天晚上还有一件好玩的事，我的一个女朋友也在798，她喝多了，说晚上不想回家，想跟一个陌生男孩回家。我说那你就去约一个陌生人，走到人家跟前说话，也许真有人会同意呢。她说她不好意思。我自告奋勇，走到几个老外面前，说，你们愿意带一个女孩回家吗？他们都傻了，说，是带你走吗？我回头一指我在不远处的朋友，说，不是我，是她。他们犹豫了一会儿，说一会儿可以一起去喝酒。我说那就算了吧，再见。我跟我的朋友转述了一下刚才的对话，我又被逗得哈哈大笑。

我刚跟Martin认识了三个月，他决定回德国过生日，他邀请我也去。在办了一系列繁杂的手续后，我终于得到了德国的签证。我们有整整一个月时间会在德国度过。迫于经济压力，我们选择了最便宜的俄罗斯航空公司。无法直飞柏林，得在俄罗斯机场呆上七个小时等待转机。

　　在机场与我们一起上飞机的一小队亚洲人看起来很奇怪。他们面黄肌瘦，穿着统一的运动服。他们脸上无一例外都有一种坚忍的表情，单眼皮，像农村孩子。他们的表情让我感到熟悉又陌生。熟悉是因为这种表情我肯定在哪里见过，陌生的是我已经很久没有再见过它了。

　　他们排队过安检时，胖得像熊一样的工作人员大声嚷嚷着："这帮高丽棒子！又带了一堆高粱酒！"

　　直到坐上飞机，我才明白，他们应该是朝鲜的运动员。飞机飞到一半，听到几个年过四十的高大粗壮的俄罗斯空中小姐开始不满地嘟囔了几句，并且用口音很浓的英语说刚才有人在飞机上的洗手间吸烟，这已经是第二次被发现了，如果再被发现，一定要罚款。

　　俄罗斯机场。这里真像是某个垃圾收容所，到处都是随地而坐或卧的乘客。垃圾箱旁边有人吞云吐雾，坐在咖啡桌那里吸烟打牌的都是穿西裤的亚洲游客。那种英雄落魄，仍能感受到强盛时期的社会主义强硬态度。

　　头晕目眩的一天。一切都来得新鲜而猛烈。

　　我们住在离柏林不远、坐车只需要四十分钟进城的乡下，Martin的父母家。那是一座二层小木屋，典型的德国式小木屋。门前门后都有一大片的草地。

　　他开车带我来到他的哥哥、弟弟家。他们住在一个社区，都是自己建的房子，有一大片草地，孩子们在草地上玩耍，平时晚饭几家人经常一起吃，就像60年代的嬉皮士生活，也有点像是集体村庄。空气中是阳光晒干青草香和不知哪家人烧烤的香味。我们在草地上铺上毯子，躺着晒日光浴，喝着啤酒和饮料。时间像停滞了。

　　下午，我们来到附近的湖里游泳，那是在森林中环绕的小湖，安静、清澈，像世外桃源。德国人崇尚裸泳。Martin弟弟的女朋友长着一头金发，身材高大健美，她抱着同样金发小婴儿的样子像极了女神。入乡随俗，我也脱光衣服，慢慢走向湖水。我无忧无虑地徜徉在温暖而凉爽的湖水中，思绪早已飘走，只想融化在这湖水中。云彩变幻莫测，像在天空中挥洒水墨。

　　早餐是咖啡、茶和面包、奶酪、果酱。而晚餐，几乎和早餐一样，仍是面包、奶酪、茶，都是冷的。有时候我们会把桌椅搬到草地上，坐在树下吃午餐。只有这顿饭是热的，仍是面包，有时候有汤。

　　就这样每到下午两点，我就特饿，简直能吃下一头牛。我原来以为挺能适应外国的饮食，不会像大多数中国人一样出国几天就闹肚子，很快我便后悔没带几包方便面来。方便面起码还是热的。

　　我们在细雨蒙蒙中来到柏林。第一个要去的地方便是动物园火车站附近。

很早以前看过《我，十七岁，妓女，吸毒者》这本书，写的是动物园火车站的孩子们。这里的确有种脏乱差的感觉，街上也常有一堆一堆孩子聚集着。

在动物园火车站附近的书店里，看到了许多色情的书。我很好奇，又顾虑别人的眼光，偷偷看了几眼，发现没人看我，就小心地拿起几本翻了翻，很快就脸红心跳了。

Martin正站在路边跟他的一个朋友在一起聊天，我发现德国人都特爱聊天，而且一聊起来就没完。我也想找个人聊，可惜没有。刚来德国时在街上看到中国人总想打招呼，怕人家在国外寂寞，也想让他们体会一下他乡遇故人的感觉。结果主动打过几次招呼后发现无一是中国人，都是泰国越南的，从此以后出门看到亚洲人我也就是扫一眼在心里猜一下他们的国籍，再也没有聊天的兴致了。

早晨起来，他给我看他小时候的照片。在各个国家旅游的照片，和童年的邻居玩耍的合影。14岁之前，他就已经去过了欧洲而我第一次坐飞机还是去成都签名售书，那时候我19岁。第一次出国是我21岁，去挪威参加国际诗歌节。

下午，我们溜到邻居家的游泳池里偷偷游泳，他们出门度假了，家里没人，空着一个游泳池。阳光晒到水里，映得整池水发蓝，像块蓝水晶。游上一会儿，我就把浴巾铺在草地上，躺在上面，喝着咖啡抽着烟晒太阳，直到阳光把皮肤晒得滚烫，像流动的琼浆。

傍晚时，我们携手散步，绕着村子走一圈，爬上一座不高的山坡，路旁是苹果树园，地上落满了苹果和厚厚的一堆苹果树叶，有的已经腐烂，更多的还很新鲜。没有人去碰它们。我拣了几个，放在T恤上擦擦开始吃，不太好吃，有些酸，反正没有国内的苹果好吃。

地里开满了野花，大都是黄色、白色和粉红色的小雏菊，有时我也摘下几支拿回去。这地方如此美，我却丝毫没有浮想联翩，一切很平静，仿佛我来过很多次了。

我们与他的父母一起去镇里的电影院看一部最新的片子《The Lives of Others》。没有英语字幕，我只能凭猜测来揣摩大意。

看完电影，在大厅里，我突然想吃一块巧克力，我示意Martin帮我买一块，他就像没有发现一样，不为所动。

看完电影，他的父母开车回去，而我们骑自行车回家。一路拼命蹬车，有时候他骑在我前面，有时候我超赶过去，路宽的时候我们就并排骑。幽暗的马路，没有路灯，只有汽车路过时自行车后座的红塑料片被车灯映射出的反光。

马路下面是一片静谧的草地，旁边是湖水。我们扔掉自行车，走下草丛，躺在湖边的甲板上，望着天空的繁星发呆。8月的德国，天已经开始凉了起来，风轻轻地拂过我的衣裙，轻轻地吹过四周的树木和草丛。

"你为什么没帮我买巧克力？"我问他。

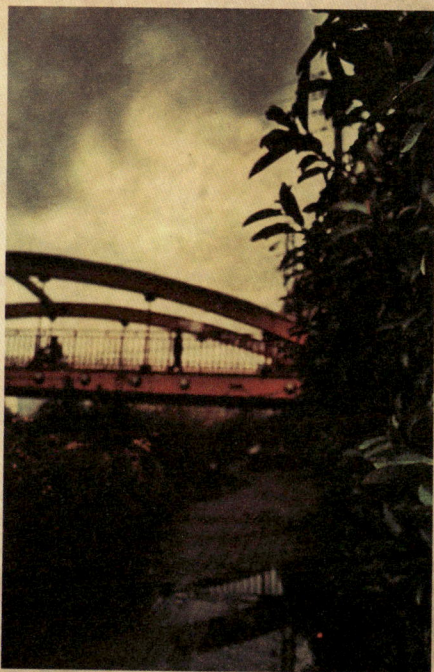

"你表现得太像孩子了，如果你想买可以自己去买。我不想让他们看到我总是满足你的愿望。"

我无言以对。也许在以严谨著称的德国人面前，我的确太随心所欲了。只是……我强烈地感受到，事情没有这么严重。至少不应该把一块巧克力与是否成熟联系起来。

我感到有些孤独。在从未见过的美景面前，我的心灵隐约感到一丝不满与孤独。

一个真正孤独的孩子。

我不知道一个真正孤独的孩子是什么样子。直到我有一天在柏林电影院看到了一个男孩，在他前面是围坐着的笑闹的孩子们，他站在旁边，若即若离，只有两个字那么清晰地闪现出来：孤独。

离开的时候我明白为什么只有我一个人发现了他的孤独。因为我同样孤独。

在柏林的中国人不多，恰好 Martin 认识一个来自于中国的画家。我们便去拜访他。孟画家柏林居所空空荡荡，他一见我们来就要给我们做饭。他不会说德语也不会说英语，却找了个德国老婆。他老婆也不会说中文，两个人全凭手势交流。很快，两人就有了个孩子。现在小孩儿刚出生几个月，他老婆在家照顾孩子，大部分时候是孟画家做饭，他老婆打下手，虽说语言不通，却基本上能猜出对方在想什么、想要什么，相处得比我和Martin还和谐。

我问他，在德国习惯不习惯。他说，来这儿以后，他每天要绕着地铁转上一个小时的圈，因为别的地儿不熟，不敢走。但如果不能每天走这一个小时，肯定就要崩溃了。

"原来你不习惯这里。"
"那当然。"他说。

吃过饭，他送我们去坐地铁，然后转身离去。

2

一晃两年过去了。

偶尔会在咖啡馆里碰到Eric，我们不怎么对话，仅仅是点一下头，代表看到了对方。

David给我发来一封信，落款是"Your teacher"。他问我过得好不好。我没有给他立即回复。也许明天我会回信。时间长着呢，谁知道以后会发生什么。当初在网上聊天时，我戏称他为我的老师。那时候他邀我去美国，说要喂我草莓味的冰淇淋。David说爱我，我也说过爱他。David经常在网上给我弹吉他，他挺漂亮，没有女朋友。几个月来，我有时候会在MSN上看到他，我们也没怎么说话。再后来他就结婚了。

尼泊尔的那个仁兄曾经出现过一次。据他说他用公共电话给我打过几次电话，我都没接。他又给我发了条短信，要求见面。我一听头就大了，想起来那唯一一次与他不堪回首的短暂见面。不过，我同时也抱着让他看看我幸福生活的念头，把他约到了家里。

他来的时候我请他进屋，这回我不再是热情地拥抱了，而是谨慎地伸出一只手，与他握了握手。我上次根本没注意他长什么样儿，这回我可以好好打量一下了。整体看完后，发现哥们儿就是一个平常普通的人，我上次是怎么鬼迷心窍的？只能说，我以前太无聊了！

在回答了我诸如"你们学习忙不忙呀？""你们国家的留学生多不多啊？"等亲切的问题后哥们说还有事，先走了。

等我把门关上后，我才叹了一口气：太好了！以前不靠谱的岁月，统统滚远吧！

更多曾经的朋友也不知道跑哪儿去了，北京越来越大，大家见面的机会越来越少，出差的机会倒是越来越多。

　　我与Martin还生活在一起，在爱情中纠缠不休。在这两年里，我几乎忘记了我曾经的梦想。 Martin工作很繁忙，经常要到外地出差。我的爱情生活就处在等待与再次等待中。他不在时我会分外想念他，他一回来我们就吵架。 他代表这个世界正确、正常的那一部分人，要求我戒烟、早睡早起、按时做家务。

　　如果我们的角色放在小说里，那么对话应该如下：

我："你老让我干活，我还怎么写诗啊？"或者，"亲爱的，没有早饭。"我与Martin的文化差异基本都体现在政治态度上。有天他问我，如果他讨厌我的国家或者出生的地方，我会怎么想，怎么办。我立刻紧张起来："你是认真的么？"

他犹豫了一下，说，"如果是呢？我就是问一下。"

我说："如果是这样，那么，我就会把你当成我的敌人。"

"军队是国家的杀人机器！"他说。

作为从小在军队大院长大的孩子，我立刻反驳道："军队可能是国家杀人机器，可军队大院的孩子不是啊。"

"那如果在国家和我之间选择，你选择什么？"

我连结巴都没打："国家。"

"……好，好。"他气急败坏地说："要是你让我选，我肯定选择你！"

"问题就是我不会让你做出这样的选择！"

我们吵嚷半天后的结果就是Martin去厨房泡了一大壶咖啡，给我们一人倒上一杯，然后接着吵。

"咱们聊会儿天吧。"我轻轻搂着他说。

"我困了，想睡觉。"

……

结局就是一个人睡得很香，另外则瞪大眼睛面对黑夜毫无睡意，不解地思索为什么对某些人来说睡觉就真的比交流更重要。听着睡着的人发出的喘息，甚至有种羡慕和嫉妒。

这种意味深长的对话即使发生在一对已经结婚二十年的夫妻之间，也不能不说是场危机。它更说明了某种问题：这两个人追求的东西根本不一样。一个人想交流，说的是"我们"，另一个人想睡觉，用的是"我"。

我们都是两个孤独的人。每个人坚守着自己的信念。只是，我们完全无法交流。在我们中间流动着的不是牛奶而是沥青和水泥。我们能在一起完全是因为我们明白我们是两个孤独至极的人。试图交流只会让我们更孤独。我们曾经试过，结果却两败俱伤。

有时候我也在想理想爱人的条件，他必须酷、长得帅、身材好，有才华（比如说最好同时是个诗人，但不能仅仅是个诗人），有生活情调，还得有名，对了对了，最后也是最重要的一点，得年轻。说了半天，我发现只有切.格瓦拉符合条件。他符合以上所有特点，并且早就死了。

千屿千寻

文 \ 明前雨后

引:

　　向云曾走过许多国家，出版了两本游记。因此认识了一些写文的朋友，大家常在一起天南海北闲聊，久而久之有三两人成了知己。其中一位好友听她讲了一段往事，借了这个素材写了一本关于海滨旅行的小说，据说卖得一般。

　　向云看过，告诉好友后半段生离死别的情节太过戏剧化。好友有些无奈，说那要怎么写，她想不到为什么这样相爱的两个人就此天各一方。

　　或许是不够爱吧，或许是差之毫厘的机缘让我们的命运谬之千里。

　　"其实没有那么多的阴阳相隔，我们依然平安地活在这个世界上，只是永远不会再相逢了。"说这话时，向云在冬天午后温暖的阳光中望向窗外，一只白鸟逆光飞过。

1

最初去旅行的起因真的不是让人愉快的事情。那年全球经济形势不好，各大投资银行紧缩银根，向云刚工作不久，所在的项目组一夜之间被全体裁员。前两天还是亲朋好友眼中日进斗金的招财女，转眼就成了人人怜悯的无业青年。

她一向有些倔脾气，受不得别人同情的眼光。于是带上微薄的积蓄，独自一人去东南亚旅行。刚走了十多天，便在前往海岛的渡轮上遗失了钱包。现金损失不多，麻烦的是丢了银联卡，无法在当地的ATM提现。

好在向云下船便找到工作，在当地一家华人开的小酒吧里打工。老板许生以前曾经是金牌保险经济，后来在赶去见客户的途中发生车祸，进了重症监护室。痊愈后他便辞职，来这里开了间酒吧。当地人大多是穆斯林，不能卖酒，这一公里长的沙滩上只有一家酒吧，于是生意格外的好。

因为若干年前一部好莱坞电影，这个小小的海岛声名大噪，每日沙滩上各国游客熙来攘往。不过向云找到了自己的私人海滩，在每天退潮时，从海中峭然耸立的石灰岩山壁下会露出一条狭窄的白沙滩。崖壁旁的热带植物蓬勃茂盛，巨大的叶子翠色欲滴。面前的大海是深浅相间的蓝，阳光射下去，如同通透明净的琉璃。向云每晚凌晨两点才收工，白天睡到自然醒，就来这边游泳晒太阳。

许生很信任向云，知道她的专业背景后便让她负责收款记账，自己则专心调酒。向云也很尽职尽责，时刻盯着存放现金的抽屉。许生笑她防人之心太盛，说附近都是熟面孔，顶多有酒虫过来偷喝，丢钱的事从未发生。向云不服气，再三强调自己就是前车之鉴。

果然某天在吧台里见到一张生面孔，他大摇大摆走过去，开始摆弄许生的电脑。向云飞奔上前，好在尚记得待客之道，礼貌敷衍地笑，请他出来。面前的男子比她高出一头，垂眼看人时颇有威压，语气不屑："是因为你放的歌太庸俗了，无聊。"

向云说："庸俗的比较简单，简单的就比较开心。"

他说："歪理。黄蓉活得累，傻姑乐趣多。"

他居然说她傻！

他啊他。

向云在陈述时不想说出他的名字，本来都是平平的汉字，因为做了他的名字，就显得不一样了；但又不想随便冠以一个代号，因为那仿佛就成了别人的故事。不妨借用好友所写的故事，唤他阿海。阿海曾在国内做了若干年户外领队，几年前迷上了潜水，一路学下来，便留在东南亚做了教练。天天泡在海水里，晒得和当地人差不多。向云来到岛上时他签证过期，去邻国转了一圈，重新办理入境。难怪没见过。

这是个爱发号施令的人，不仅对店里的音乐指手画脚，有时向云躺在椰子树下看书，他也过来踢上一脚，说："你知道么，每年被椰子砸死的人比被鲨鱼袭击的人更多。"

不难想象，他也是个很凶的教练，据说在水下会脱下蛙蹼打学生的手板，还会骂人。向云咂舌，问："在水下怎么说话？"他的学生哭丧着脸答道："就是就是，他偏偏做得到。"

隔着吧台，许生慢声慢气地开导他："大家都是游客，过来就讲个开心，你也不要太严厉。"

阿海轻笑："我只是想起教自己妹妹那次，她做不好我就格外生气。因为我不想她以后遇到危险！"他顿了顿，"对每个学生，我都是这样的标准。"

说来奇怪，他偏是最受欢迎的教练。虽然被骂，但学生们还是乐呵呵每晚拿着啤酒找他聊天，似乎就喜欢被他抢白。

其实向云不也是如此么？总被他气得跳脚，但又不会真的和他划清界限。

酒吧里放着水烟，大家常用它来做游戏，吸一口，慢慢吐出来，看着咕嘟咕嘟的泡泡，比赛谁吐气的时间最长。第一名总是潜店的小向导苏，阿海很不屑，说："他刚刚二十出头，我像他这个年纪时，比他气长多了。"向云跪在草席上，凑过去打趣："那你现在贵庚？"阿海不耐烦推着她的额头："来来，到你了，速战速决。"

他真是小看了向云的实力，眼看她的记录就要赶上苏，众人都赞叹惊讶。这时阿海在旁边幽幽地说："啊，没什么了不起，她以前大概练过瑜伽。"

众人都笑，向云也忍不住笑。一笑烟雾就从鼻子嘴巴四处冒出来，整个人像一只大烟囱。阿海幸灾乐祸，笑得格外大声。

那晚夜色正好，月亮半弯，繁星垂挂在深蓝色天幕中。海风湿润微凉，听到花木晃动和海浪拍击礁石的声音。当时没有丝毫征兆，向云还是单纯地快乐着，不知道接下来会发生什么。她只是享受着悠闲的岛屿生活，并且已经坚信这是自己所经历的最棒的旅程。

在此后若干年中，向云无可救药地想念着一段纯真时光，没有感情纠葛，只有欢声笑语。而现在，她不知道命运的哪个环节出了错，就好像一串珍珠项链，每一个回忆的瞬间还在闪闪发光，但串起它们的链子却断掉了。所有的珠子四散零落，她尝试着把它们一一收集起来，但永远回不到首尾相连的圆满。

它们最终零落分离，就如同她和他一样。

2

　　向云在岛上结识了许多新朋友，每个人都经历奇特、身怀绝技。隔壁餐厅门前有一位每晚卖沙嗲肉串的大叔，变得一手好魔术，常常在食客耳边打个响指，就变出找零来。码头上的当地船夫小哥，不忙的时候就仰天浮在水面上抽烟，晚上赤膊耍着火球，据说还在当地得过比赛的大奖。他的女友是红发的捷克姑娘特里莎，最初向云听说她在这儿停留了半年时很是惊讶，说道："你真是很爱这个岛。"她侧头望了望水面那一缕缭绕的青烟，温柔地微笑，说："我是真的很爱一个人啊。"

特里莎的姐姐月底结婚，她要飞回捷克参加婚礼。临行时有些沮丧，说自己积蓄无多，要在捷克打工一段时间才能攒够回到东南亚的路费，她泪眼婆娑，和大家一一拥抱告别。阿海倒是冷静，特里莎和男友难分难舍紧紧拥抱时，他在旁边半开玩笑地喊着："Hug, hug, kiss, kiss。"向云冷眼瞪他。阿海耸肩，说："你要知道，People come, people go，这就是真实的岛屿生活。这里不是无忧无虑的世外桃源，许多事情也并非表象那么美好。"

向云说："这倒也是，岛屿本身，是一个封闭疏离的空间，但又不是绝境。就像电影《海滩》里，一群背包客建立了一个看似天堂、其实脆弱无比的小社区，最终定然分崩离析。"

阿海说："岛屿是一个意象，孤悬海外，是和海岸亘古的相望和分割。"

如果是一个瘦弱的、面色苍白的男生这样讲，向云会认为他是虚伪的文艺范，用故作矫情无病呻吟的所谓哲理和参悟，来搭讪无知少女。

偏偏他是健康强悍、一路骂着脏字的挺拔男子，于是她放松了警惕。

两人聊起电影，向云说自己临行前看了《碧海蓝天》，很是喜爱，本以为阿海会嗤之以鼻，说是庸俗的小资。谁知他微笑，说："我很早以前就看过，为此才来学了潜水，这部电影是一个完美的结合，梦想和爱情。"

他讲水肺潜水和徒手潜水的不同，讲不带装备时在幽蓝深海中悬浮的寂静空灵，讲带着鱼枪去捕捉大鱼的惊险和刺激。

向云说："停停，作为一名潜水教练，你不认为捉鱼不环保？"

阿海有些不屑地笑："吃别人捞上来的石斑龙虾，只是贪婪地消费海洋。如果自己去捕捉，成为食物链中的一环，有何不可？"他看向云蹙眉，正色道，"捉几十斤重的鱼也是有风险的，打鱼其实是一种生命之间的竞争和较量，是彼此的尊重。"

向云不赞同他的论断，又找不出论据来反对。

阿海看到她苦苦思索的样子，似乎很开心，又欢快地笑起来。

果然向云只是虚伪的环保主义者，过几日许生过生日，阿海去打了两条鱼回来，她立刻沦为贪婪的饕客了，还自告奋勇要做烤鱼。阿海气定神闲烧着鱼汤，向云手忙脚乱调着烧烤酱，又总想着去看蛋糕，三心二意，东突西窜，鱼里只放了姜和蒜便被沙嗲大叔裹上芭蕉叶拿走了。回来一看辛苦调好的酱料安静地躺在厨房里。阿海忍着笑意，假惺惺安慰她道："没关系，等一下蘸一蘸也是可以的。"

等到烤鱼上桌，打开绿色的蕉叶，清香扑鼻而来。鱼肉鲜美，最简单的调料不会喧宾夺主，反而衬托出肉质本身的细腻鲜甜。朋友们大呼美味，一扫而光，冷落了阿海烧的鱼汤。这回换了他蹙眉，小孩子一般怄气撇嘴，他明明气不过，又忍不住跑来夹了一大块烤鱼。

吃过晚饭，向云和朋友们轻声谈天，阿海就躺在后面的吊床上，在大家不注意的时候，忽然伸出手来在她后脑勺弹了个爆栗。她向前弯腰躲闪，也不回头，侧身用肩膀撞他一下。阿海就又弹了一下，不过下手很轻。她再撞回去。两人就像小孩子，或是玩耍的猫咪，乐此不疲地打闹着。

两周下来向云算账的本领已经被老板许生大肆宣传，月末阿海喊她去帮忙。他出发潜水之前会飞快地拍拍向云的头，又跳着闪开，像个顽皮的孩子。傍晚回来时，金色的水面风平浪静，他站在船头抛下船锚，若能看到她便远远地招手，或者双拳紧握，像怪兽一样大叫一声。有一天傍晚大雨互至，众人收完装备后已经淋得透湿，一阵狂风把门前的广告牌都刮倒了。

忽然一声巨响，一颗椰子落在房顶。

向云和阿海面面相觑，想起关于椰子的对话，忽然同时大笑起来。大雨如注，阿海居然有心情闲适地哼着歌。向云仔细辨识，是《Rhythm of the Rain》：

Listen to the rhythm of the falling rain（听着雨落下的节奏）

Telling me just what a fool I've been（告诉我我曾经有多什么傻）

她忍不住看看这个一向爱听硬摇滚的家伙，问："你不觉得很庸俗么？"

阿海依旧是藐视地扫她一眼，答道："近朱者赤，近墨者黑。庸俗也都是因为你啊，因为你！"说着说着，他忽然轻快地笑了，"有个傻姑不是说，庸俗的比较简单，简单的比较开心么？"

向云想了半晌，他是在说，因为自己，所以既简单，又开心么？

很晚雨才停，阿海将店里打扫干净，向云席地而坐算着账。周围没有别人，他看似疲累地走过来，一下趴在旁边的草席上，阖着双眼。他们离得很近，向云只要垂下手，就可以摸到他的手和头发，但又觉得这样太突兀了。不知道为什么，隔壁餐厅的音乐忽然不响了。在夜里那么安静的几分钟，她的整颗心提到胸口，又膨胀起来，满满的，堵在心口说不出话来。

向云因为这个发现既欣喜羞涩，又隐约地感到了紧张和不安。

夜里踩着月光回去睡觉，忍不住来到她的小海滩，看着深蓝大海上粼粼的波光，想自己是否到了应该离开的时候。偶尔幻想纵横四海的她，却常有怅然的恐慌感。离经叛道总需要付出一点代价。漂泊，终究不会成为生活的常态。

向云不知道一切是否源于旅行的新鲜感，呆久了是否会厌烦失望。或许自己迷恋的，便是这一种不能持久的自由肆意。

昙花一现，所以美丽。

然而，因为预见了它的美丽与短暂，终究不舍得就此离开。

她终于选择放纵自己的思绪和情感。正所谓，咎由自取。

3

向云每天不再贪睡，也不再流连于自己的私人小海滩，而是借口要多赚一些工资，每天早起到潜店打扫店面，整理装备。

安娜是店里的回头客，她感叹道："今年有你在，生意比前两年好了许多。毕竟，有个美女在店里，比几个不修边幅的家伙要好太多。"

阿海回应："好花不常开。她过些日子签证到期，就得回去了。"

安娜打趣道："为什么着急走？换个身份留下不就好。"她凑到向云耳边，"阿海还是单身么？你不妨考虑考虑。"

向云赧然，支吾道："他也是个非法务工人员，改变不了我的签证状态。"

安娜大笑。

阿海疑惑，问："你们讲什么这么开心？"

安娜挤挤眼睛："这是女生间的秘密。"

向云纳罕，莫非自己对他的感情，已经如此昭然若揭么？

吃过午饭，她在门前树影中写着明信片，阿海抱了吉他坐在身后，随意练习。那时阳光明媚，海天湛蓝无瑕。向云正好点了一杯芒果冰，停下笔，眯着眼眺望平静的海面。下午三点二十分，她在记事本上写下，有大海，有芒果冰，有他的吉他声，这样的日子，夫复何求。

然而时光无法定格在这个瞬间，它匆匆向前，将他们推向别离。

在向云临行的前夜，许生和沙嗲大叔为她办了告别宴会。阿海带着他的吉他来，唱了一首歌。

We're ordinary people, we don't know which way to go.

又改了歌词，将《Leaving on a Jetplane》唱成Leaving on a Speedboat，还笑着向她眨眼。向云也用力大声笑着，笑到眼泪都流下来。

餐后甜品是当地朋友准备的榴莲，和糯米饭混在一起，浇上椰浆，软糯香甜。向云大口吃着，阿海捂鼻，说："女孩子吃那么多，口气不好，以后都没人要吻你。"

她那天大概是喝多了酒，凑上前去，仰头挑衅："哪里有，你闻你闻？"

他低下头，笑容里有向云从未见过的温柔和宠溺。他们的鼻尖几乎抵在一起，他真的闻了闻，促狭地挑眉道："真的很臭。"

向云作势打他，去挠他的痒。他笑着拦住她的双手，拉扯之间，将她轻轻拥在怀里。向云要踮着脚，才能把脸颊枕在他的肩头。这似是而非的暧昧，总让人分不清这是一种爱恋的默许，或是一种无可奈何的安慰。

第二日阿海送向云去码头，站在人来人往的栈桥上，背着她印着大朵木槿花的粉红色大包，认得他的众人看到二人，有些了然又有些暧昧的笑。

他们在船舷旁拥抱着告别。向云站在船头看着他越来越小的身影，索性转过身去，用纱笼蒙在头上，痛快地哭一场。

People come people go，如果我习惯了这岛屿生活，为什么此刻还会落泪呢？如果你看惯了来往聚散，为什么还要在海天之间长久地凝望呢？

那一日慵懒的午后，向云问阿海，在这里日复一日看着大海，是否感到厌倦。

他没有回答，拿过她的明信片，在上面写了几行字：

我迷上了那些难以尽数的岛屿，那些临海的达南仙境，

那里的时间肯定会忘了我们，悲伤再也不会靠近。

回到国内后，有朋友看了向云写的游记，问是否可以去许生或阿海的店里打工。许生回信应允；阿海说："如果有人像你那么乐观积极，可以考虑。"然而向云暂时不会回去，之前投递的简历都有回复，她在一家金融公司找到一份不错的工作，忙碌异常。

最初几个月，还收到阿海寄来的明信片，他在东南亚各地旅行潜水，继续追寻自己的岛屿之梦。听说马尔代夫在招中文教练，收入不错，但需要签一年的长约。他说自己尚在考虑，此后渐渐便淡了音讯。

直到某一日，向云在书店翻到了爱尔兰诗人叶芝的诗集，看到了那一篇《白鸟》，其中几句，正是他写在她明信片上的那段话。诗中最后说：

"只要我们是漂浮在海面上的白鸟，哦，我的爱人。"

向云在零下十几度的北方城市里，穿着厚重的棉衣，呵气成白烟。在暗淡阴霾的天气和鳞次栉比的楼宇间，要向何处凝望，才能看到青山碧海间的身影。

　　繁华的街道在一瞬间显得陌生，她在两千万人的都市里忽然感觉寂寞。

　　向云知道，那一瞬迷恋并非只是一时冲动的海市蜃楼，她想要回到阿海的身边去，跟着他的脚步，走过那些令人迷醉的岛屿。

4

之后过了很久，辗转听说阿海的消息，说他已经回国，定居在靠近西南边陲的一个小镇。那是一个大家很少听说的地方，在地图上像钢笔溅上的一小点墨迹。他似乎从潜水圈销声匿迹了。

所谓销声匿迹，是要看你舍得花费多少时间、用多大的心思和力气去寻找。

向云在车上，即将到达古镇的码头，然后从那里搭乘摆渡船，再走上十多分钟，就能到达阿海所在的村落了。她发了短信，他回复道："我去码头等你。"向云的心跳忽然加快，沉睡在脑海深处的往日光影纷纷苏醒，对于即将到来的见面，她期待又恐惧起来。

她搭乘最后一班摆渡船到了河对岸，水面倒映星点渔火，寡言的船夫默默陪她等在码头。向云是在两场公差的间歇抽空而来，她的西裤皮鞋和岸边的青石板还有长满青草的田埂显得格格不入。当颀长的身影自竹林后闪现，向云远远便认出阿海，他好像从自己的记忆中走出来。

"我在香港开会，离得不远，想到也有一段时间没见到你了。"她说着蹩脚的借口。阿海微笑着和她问好，对船夫说谢谢，探身接过她手中的小皮箱，没有客套和嘘寒问暖，好像两个人从来没有长久地分开过。

回去的路上有一段小小的上坡，布满星斗的天幕垂下来，两个人好像要一路走到银河中一般。经过一片甘蔗地，听到溪流淙淙的轻唱，跨过桥头缠绕着藤蔓的青石拱桥，便是他所在的小村了。

在第一个路口转角处，小卖部窗前的灯还亮着，左手边有一户做手工艺品的，门前摆满了当地市场上常见的小玩意，从房檐到门外的大树之间扯了绳子，上面晾着许多蜡染画。在这葱茏的大树下，一口豁边的水缸里立起婷婷的莲梗来，上面打着粉红的骨朵，一只白猫轻盈地站在缸边喝了一口水，抬起头，警惕地打量着面前的陌生人。

"这是我的邻居小来。"阿海挠挠白猫的下巴，指了指隔壁芭蕉环绕的小院，"我住那里。"

在大树探伸过去的枝丫上挂着一盏纸灯笼，下面的石桌上摆着清粥小菜。向云刚吃了两口，邻家夫妇二人就带着米酒和田螺过来了，真看不出那位络腮胡子的大哥能做出那么多细腻的小东西来。他们热络地拉着向云问东问西，她从哪里来，认识阿海多久，会在这里停留多长时间。

"我只是出差，路过，后天就要回去了。"

大嫂叹气："阿海是个好人，他只是太孤单了。"

阿海笑："不要乱说，你们都知道我多受欢迎。"

大嫂说："是啊，本来我们还想过要介绍姑娘给阿海呢，呵，太多事了……"

他们走后，向云凑上前问："他们介绍的姑娘你见过？怎么想？"

阿海不以为意地笑，轻声说："我一点都不喜欢她啊。"

向云和他对望着，两人一样眉眼弯弯含着笑，却都沉默着。

虽然嘴上说并不劳累，然而几天的密集会议和旅途奔波之后，向云喝了几口米酒便开始昏昏欲睡，阿海去找邻居借车，她在这宁静的夜晚中安心愉快，虽然困顿也不想离开，于是靠在藤椅上闭目养神。

就这样朦朦胧胧睡过去了，一激灵醒转过来，眼皮上已经感到白日的亮光。静谧夜里的花木香气和细碎虫鸣都无影无踪，向云忽然很怕这一切不过和以往的梦境一样消散，所以迟迟不敢睁开眼睛。直到小来跳到她枕畔，"喵"地叫了一声。

阿海带她去集市吃米粉，买了沉甸甸橙黄的柚子回来。一路上他开着车，说和朋友在这株大榕树下或者那个河滩旁喝过酒。向云笑，说："你知道马克·吐温么，古巴的很多小酒馆都说，马克·吐温曾在此喝酒。我的结论就是，马克·吐温处处喝酒。"

阿海也笑，停了车，带她去河上划竹筏，两岸秀美的山丘峰岭间还缠绕着丝丝雾气，竹篙在清澈的水面荡开波纹。两个人笑闹着，湿漉漉地回到村头，石桥上坐着几个光溜溜的小娃娃，指着他们哈哈大笑。阿海扬手做出凶悍的样子要打过去，他们便继续笑着，扑通扑通跳到桥下的水潭中。

"这几个小淘气，总是来摘我们树上的酸角。"他说。

果然傍晚时分，门外那株大树的枝叶被摇得沙沙作响，两个半大的孩子骑在树杈上，揪了酸角扔下来，树下几个小娃娃争先恐后抢着。有个三四岁的孩子抢不到，急得绕着大树转圈。阿海笑着将他拉过来，双臂拢着他，小孩子急得要哭出来，他才坏笑着，递过一把酸角。

向云的衣服在午后烈日的暴晒下已经干透了，她站在花木扶疏的小院中收着衣架，正看见这一幕，阿海靠坐在藤椅上，逗着眉目清秀的小娃娃。她霎时间内心满满的，好像自己已经在此生活了几个世纪，而时光就应当如此日复一日地继续下去。

向云的电话响过几次，收到若干短信，同事问她何时到达广州开会，老板秘书提醒她周一早晨在例会上汇报项目进展。她将手机调成静音放在提包里，没有什么紧迫的事情值得拿来打扰她和阿海此次相逢的时光。

"我开车送你去广州吧。"他问，"沿途风光还都不错。"

向云摇头："这次不行，我这次出差赶时间，只能飞。"

"你不再是算账的小丫头了，"阿海笑，"也可以独当一面了。"

"你不想再做潜水教练了，那你的岛屿梦想呢？"向云问。

阿海摇头："我已经过了太久超负荷工作的日子。而且，我得了减压病，虽然现在没有大碍，但再也不能长时间潜水了，你知道么？"

这些在追寻他下落的过程中，向云都有所耳闻，此时她沉默着无以应对。

"现在这样很好。"他靠坐在藤椅上，"你听过那个富人和穷人的故事吧，富人问穷人为什么不去努力工作，而是在这儿晒太阳，说如果你努力工作，可以有大房子，娶妻生子。穷人问，然后呢。富人说你就可以悠闲地晒太阳了。穷人反问，那你说我现在在做什么？"

向云也笑，她抬起头环顾枝繁叶茂的树冠，暖黄的光透过灯笼的纸壁洒在她脸上。她不想反驳阿海，她甚至不想去深究这故事是否在强词夺理。他说怎样，便是怎样，无论在哪里，做什么样的事情，又有什么关系呢？她只是想坐在这里，记住他说话的语气和姿态，再怎样这一切都是真实的，好过偶尔在梦中出现的杂乱无章的碎片。

在许久后，向云回想当日的情形，如果她告诉阿海自己在彼时彼刻的心情，如果她放肆地流下那些当初因为思念他而积攒的泪水，如果她和歌中所唱的一样，"我要留下来陪你生活，一起吃点苦，再享享福"，那么一切是否就会变得不同？

5

两个月后，阿海出了一场车祸，伤到左侧锁骨和肩胛。向云当时正在纽约出差，打了电话给他，说自己想要前去探望。阿海自嘲道："现在不能开车，也没办法撑竹排，所以在练习玩大富翁。下次我可以和你比比，看谁比较厉害。"

然而在两个月后，阿海在Email中提到，他开始了一段新恋情，对方就是邻家大嫂介绍的那位当地姑娘，温柔体贴，在镇上的小学教书。他很喜欢她。

"你要照顾好自己，也尽早找到一个可以照顾你的人。"他写道。

向云删掉了这封信。可这样就能当作一切都没发生么？

她翻出另一封信，是一张飞往他身边的机票订单，因为工作忙碌而几次改期，现在已经不需要了。光标移动到删除键，却仿佛要硬生生从心头剜去一部分，痛得她用手捶着胸口，喘不过气来。在阿海受伤之后的两个月里，向云格外热心工作，她积累了一笔小小的积蓄，足够两人去一座小岛定居，像许生一样做些小生意。她曾经反复构想关于未来的计划，觉得这一次重逢之后，她和他再也不会分开了。

然而现在，一切都不需要了。

向云已经请好年假，于是改了目的地，回到当初相识的海岛。许生已经结束了酒吧的生意，因为地契租期已到，续约金抬得太高。沙嗲大叔的儿子在学校闯了祸，他回到家乡，也不再外出打工。特里莎离开后不久，她的当地男友便有了新欢，男孩还有些无辜，说她一去半年，people come people go，总有一个人会先放手。潜店老板还记得向云，问她要不要留下来帮忙管理店面，可以帮她办理工作签证。他们说起阿海，老板叹息："我知道他的事情，他再也没和我联系。这么一个心高气傲的人啊，其实是不想被别人同情怜悯的，也不愿开口要求别人什么。"

向云笑着笑着，又泫然欲泣。她和他是相似的人，她何尝不懂得他的高傲和自尊？而阿海那些难得一见的温柔、羞怯和孩子气，那些分离时长久而用力的拥抱，是否已经是无声的挽留与表白？

邻人家那只可爱的白猫小来不知缘由地死了，阿海在网上贴了许多照片。向云很想回一句：我们之间的一切都死了。

　　在朋友的书里，女主角在曾经相爱的地方开了一家青年旅社，思念着再也无法重逢的爱人。

　　而向云知道自己的心上人在哪里，却再也不想提及和触碰。

　　阿海曾说过想要寻找一个小岛，碧海白沙，宁静平和的桃源，幸福的所在。现在换了向云，积攒着各种岛屿的明信片。她试图走过千百个珍珠一样镶嵌在蔚蓝海面上的岛屿，寻找散失在往昔的旧梦。

　　朋友常问向云，是否有她没去过的地方。

　　其实她最想要到达的天涯海角，就是一个人的心底。

　　她爱的人选择了宁静的生活，将千寻的岛屿之梦留给她。

　　这浮生一梦，化身为白鸟，振翅逆光而去，消失在天际。

最终章

在向云的最新游记《千屿千寻》出版后，她寻了个机会，从香港开车去当初短暂停留的小镇。想着如果当初答应阿海开车送自己来，这一路同行，是否一切就会不同。

此时她站在关闭的门前，他开了一家小小的书店。门口挂着一部固定电话，留言板上依旧是充满调侃的语气：

"可以用这电话打给我，但请不要用它喊贾君鹏回家吃饭。"

向云看着熟悉的字迹，泪水就掉下来。

《那些年，我们一起追过的女孩》片末说，或者在某一个平行时空里，我们是在一起的。向云何尝不是这么想？

在码头，阿海送别她时，她在船头背过身去，泪水涟涟。如果这时终于鼓起勇气掉头跑回去，抱住他说自己改变了主意，说以后再也不要离开你。是否他会同样抱紧她，是否泪眼中可以开出一朵幸福的花来？

还有那个笑靥相对的夜里，他说："我一点都不喜欢她。"

是否可以和他抵着额头，轻声问："那么我呢，你喜欢我么？"

他是否会孩子气地笑，虽然略带羞涩，但是很果断地点头。

于是在枝繁叶茂的酸角树和芒果树下，他们并肩吃着田螺与河虾，啜一口米酒，说当年的冒险与梦想。他揽着她的肩，轻吻她的额头。也许有一日他们期待着新生命的降生，那时她有些胖了，只能穿他的大衬衫，低声念着那首诗：

那里的时间肯定会忘了我们，悲伤再也不会靠近。

只要我们是漂浮在海面上的白鸟，哦，我的爱人。

丹 意

///////////////////////////////////

///////////////////////////////////

////////////////////// 文＼沐童

↓

向梅里美致敬

1

　　丹意，我生命的火焰、欲望的河流。我曾为她而苟且偷生，如今也将为她踏上死路。我恨她么？似乎是恨过的。我是那样希望她死，希望她从未出现在我的生命中。如此一来，我也能活得简单而平淡，像普通人那样奔忙、庸碌、衰老，直至化为灰烬。可惜，我没有那么好的运气，我遇到了丹意。她是个魔鬼，如同祖宗祭坛前手持牛骨尖刀的女巫，以神的名义提早宣判了我的命运。此刻，就在此刻，我仍然不能忘记她的眼睛，那双深邃、迷人却又无比邪恶的眼睛。

　　尊敬的法官大人，请不要抱怨我在法庭上喋喋不休。我曾是一个本分的人，自然明白这里不是我发表演讲的地方。可是您心里比我清楚，我马上就要死了。从我自愿踏入这间法庭，从未给您带来任何麻烦。至于他人的指控，属实也好中伤也罢，我也一个不落地全部应承。我的罪过足以让我死而无怨，自不在意背负得更多一些。只是积郁在胸中的许多话终究是要说出来，而您多半是此生最后一个与我对话的人。除了您，我还能跟谁说呢？惟愿您别发脾气、耐下性子，看在我为您节省了那么多时间的份上，听我讲完。您若不想听，也无妨，大可闭眼打个盹，就当耳边是个疯子在喃喃自语吧。

我刚刚说到哪了？哦对，丹意，一个女人的名字。同伴们通常叫她玛丹意，只有我一个人叫她丹意。她的尸体想必您的属下也已发现，就平躺在曼德勒西郊那条小河的浅滩上。我没有埋她，因为不忍心在她漂亮的脸蛋上洒下泥土。如今将她交给你们，相信正义的力量会让她有个很好的归宿。究其一生，她一直在追寻自由，却没想到连自己的身体也要交由敌人掩埋。或许，对于她而言，这种报复比杀掉她更加耻辱。

可是我已别无选择。我必须马上死，一分钟都不想多活。我只是希望在这之前能够将我和丹意的故事讲出来，让所有希望我死的人有机会宽恕我给他们带来的伤害。即使他们不愿宽恕，至少也让我暂得安宁。我的民族的男人都是虔诚的，我们相信只有原谅自己，才能最终解脱。

好了，废话少说，这就开始我的故事吧。

2

这一切都是3年前的一个下午开始的。那个时候我还在距离景洪不远的一个山谷里当和尚。这是我们那边所有男孩的必修课，只有做过和尚，生命才算完整。时间长短无关紧要，只要做过就可以。有些人直到30岁才到庙里来，做满了一周，便又还俗，回去结婚了。

在我出家的那个寺院里，我是唯一一个做了三年以上和尚的人。原因很简单：家里很穷，又不缺少劳力，不如栖居在寺里，有口饭吃。7岁那年，我就被家人送到庙里来。在西双版纳，和尚的地位高，寺院修行虽辛苦，但至少有米有肉，还能学习语言。这您并不陌生，因为在缅甸情况也是类似的。寺中的老和尚都是饱学之士，可以教我讲缅甸语和汉语。我那时没什么志向，只是希望能多学本事，将来还俗可以到城市中谋份差事。

僧侣的生活是很枯燥的，破晓之前就要起床，出去化缘。上午要诵经念佛，下午则须清扫寺院和佛堂。我是寺中的年轻人，很多活计都要落在我的肩上。我的生活安逸而平静，好过像父辈那样在江中流沙里淘金子。

一个潮气很重的下午，连知了的叫声都懒洋洋的。我扫毕庭院，又将平日祈祷的佛堂擦得一尘不染，一个人安静坐在树阴下读书。西双版纳的树瘴气重，每天下午空气都混浊得很，让人懒得动一动。就在我恹恹欲睡时，一个陌生的女孩突然闯进了庭院的大门。她表情慌张，如惊恐的小动物，一见我，便立刻朝我奔来，死死拉住我的胳膊，用腔调奇怪的汉语对我说："莫多利（傣语，小伙子），我正被坏人追赶，请你一定不要对别人说我在这里！"

话音未落，她就像兔子一样钻进佛堂。我莫名其妙，本想一把拉住她问个明白，谁知她却像泥鳅一样从我手边溜开，一转眼就不见了踪影。

不到半分钟，三个剃了光头、一身黑色装束的男子也闯了进来。见眼前是个佛寺，他们似乎有些尴尬。看来他们也知道在西双版纳佛寺有怎样神圣的地位。为首的一个走上前，操着和女孩类似口音的汉语问我："请问，那个，是不是有一个女孩跑了进来？"

我下意识地摇了摇头，斩钉截铁地说："你们看不见这里是寺院么？怎么会有女人？"

那人似乎有些不快，却也哑口无言，只好偷偷向四下打量，却显然一无所获。

沉默半晌，为首那人转过头用另一种语言对另外两人说话——他讲的是缅甸语，大概的意思是女孩不太可能躲在寺庙里，庙里的和尚也不可能收留她，她多半是跑到后山的那片丛林中去了。

我心里偷笑。他们并不知道我能听懂缅语，这让我心中有恶作剧的快意。

随后，仍是为首那人，对我道了个歉，并携另外两人一起退了出去。离开时，我注意到他们腰间都别着黑漆漆的手枪。

三人走了没多久，女孩从佛堂里钻了出来。她站在寺院大门口东张西望半天，确认追赶自己的人已走远，才蹦蹦跳跳向我跑来。我的天，她在我面前站定，脸上带着世界上最甜美的微笑。我第一次仔细打量她的容貌和衣着。她显然不是傣人，虽然梳妆打扮与西双版纳的傣族女孩没什么不同：上身是黑色的圆领紧身短衣，下身是花色的长筒裙。但是她的头发却是披散着的，额头两侧的碎发还编成两个小辫子，乌黑得如同仲夏的夜空。她的皮肤也比普通的傣族女孩黑一些，牙齿却很白。

"莫多利，你真是个天大的好人，佛祖会保佑你的。这个给你，是我对你的报答。"她的声音悦耳，说话的语气却有些轻浮。她竟拉过我的手，在我的手心中放了一个金币，沉甸甸、亮晶晶。

我连忙推辞，将金币塞回她的手里。她却骤然将面孔一沉，冷冷地问："怎么，嫌少？"

我忙摇头："我是出家人，不能收你的钱。"

少女闻言哈哈大笑，笑得几乎要背过气去。笑过后，她仍将金币塞给我，说："莫多利，你是个好男人，可惜做了和尚，你总有一天要离开这里的。这个给你，不要还给我，我从来不欠人什么。好了，我们后会有期。"

说罢，她转身便走，头也不回。我几乎连她的容貌都没记清，却像傻子一样呆立在原地，望着她的背影，直到看不见。那只捏着金币的手掌隐隐发烫，仿佛握住了什么，又不可挽回地失去了什么。

3

法官大人，我就是这样和丹意认识的。这个故事原本可以如此很简单地结束，要不也不会有今日的麻烦。可是，显然，丹意的出现是我命中注定的劫难，这个事实不会因为一次短暂的相遇而改变，因为一切都已写进定数。

少女离开以后，我发现自己开始日夜思念她。我经常手攥她给的金币，出神地想象她的模样，她那碎发编成的黑辫子，还有她放浪形骸的笑声。其实她长得并不十分好看，言行举止多半也会令我的父辈皱眉，可天知道，我却如此执迷、念念不忘。我甚至有点后悔当时没有多留她一会，好问问她叫什么名字、住在哪里，以及为什么会有那么多坏人追赶她。

　　日子就这样缓慢流逝。三个月后，家人来庙里劝我还俗，因为当地的军队正在招募边防士兵，待遇很好，还有晋升机会。尽管我不讨厌做和尚的生活，

却还是爽快地收拾行装，离开了寺院。临走时，我将那枚金币交给了寺中的老僧人。在当时，那可是一笔相当慷慨的馈赠。我本想将它留在身边，但转念一想，自己此生多半不会再见到那少女，留着也是徒增伤感。

离开寺院后，我很快报名入伍。因为我会讲缅甸语，所以他们把我派到西双版纳最南的小镇打洛。那是中国和缅甸接壤的地方，也是毒贩、赌徒和流浪汉的大本营。打洛比景洪小得多，只有几条主要的街道，店铺和旅馆横七竖八地散落在街道两侧，路旁栽着很多大叶芭蕉，傍晚闷热，蚊虫极多。镇上的居

民一半是傣族人，一半是缅甸人，汉人很少。我是新兵，任务是在界碑旁的岗亭中值勤，检查入境缅甸人的护照。这活计远比在庙中做和尚枯燥，所幸每天只需站岗四个小时，其余时间可以在舒服的值班室内打盹。

那是一个天气阴冷的早晨，清晨六点就要早早爬出被窝，站在岗亭上。早上过境的人十分稀少，只有零星的缅甸生意人。他们大多待人和气，却也乏味。我正犯困，远远地竟看见一个印度妇女打扮的女人朝我走过来。她头上蒙着大花头巾，将脸遮住一大半，只有一双雪亮的眸子露在外面，裸露的脚踝上却刺着一圈细细的深红色花纹。

她见四下无人，径直向我走了过来，伸出手在我的肩章上弹了一下，夸张地大笑。

我对她莫名其妙的举动有些恼怒，将她的手推开，用缅甸语对她说："请出示护照。"

"呦，小和尚变成了小士兵，竟然就神气起来了。"她带着讽刺的笑腔，尖刻地说。那口音浓厚的汉语腔调是如此熟悉，我一下子懵了。谁知少女凑上前来，轻轻摘下面纱，露出小麦色的脸庞，我倏地一惊，却也下意识地暗喜：竟是三个月前那个闯进寺院的女孩。在5秒钟的呆立时间里，我几乎可以听见自己脉搏跳动的声音。

"是你……你怎么……"我有点语无伦次。

少女却仍打趣我："小和尚还会说缅甸话，将来是不是也要娶个缅甸姑娘呢？"说完，又兀自咯咯笑个不停。

我不知该说些什么好，脸颊发烫，只好低声再次问她要护照。

她淡淡笑了笑，从腰间取出一个绿色的本子，递给我。我打开一看，是一本印度的护照，但显然是仿造的，照片上的人的模样和她完全不同。

"你的这个……护照……护照是假的吧？"我也不知为何语无伦次。

少女立刻收起了笑意，再用面纱将自己的脸孔遮好，把头凑到我的耳边，低声说："听着，莫多利，只要你放我过去，我会给你一匹上好的老挝绸缎，你拿到市场上就可以换到钱，比你在这里傻乎乎站上一个月赚得还多。"

她口中呼出的芳香气息让我有些忘情，尽管此时此刻我已非常清楚这个她是干什么勾当的。在打洛这不起眼的边陲小镇，有许多缅甸少女为了谋生而从金三角运毒品到西双版纳兜售，丰厚的利润让很多人冒着生命危险铤而走险，而防止毒贩入境正是我的主要职责。

良久，我摇了摇头，对她说："对不起，我不能让你进去。"

听了我的话，少女竟低声哭了起来。她冷漠地瞪着我，一字一顿地说："莫多利，你真是个冷酷无情的人，你从小和尚变成小士兵，心肠也变坏了。你如此对待一个少女，佛祖会惩罚你的。我只想去打洛看望一个朋友，他前些天从山崖上跌落，伤得很重，可能这几天就要死了。我只想去看看他，看完我就出来。难道这样你也要拒绝？"

她的声音那样蛊惑，我的心肠一下就软了。大人，您看，她就是这样，口中从无一句真话，无论多么蹩脚的谎言都信手拈来，可即使这谎言中有一千个破绽，我也无法让自己怀疑。

就这样，我放过了她。在入境登记卡上，她写下自己的名字：玛丹意。这是个再普通不过的缅甸人名，但我怀疑那也是假的。她察觉到我的不信任，似乎很不高兴，生硬地说："这就是我的名字，我把名字看得比命还重要。"

说罢她就离开了，只留下我对着她的名字，呆呆出神半天，又一次。

于是，故事再次延续了下来，并且再也没有停止过，直到死神来访。我的那个小小的决定彻底改变了两个人的生命，也带给我一生中最美妙的日子，和最痛楚的回忆。总之，丹意离开后，我对她的想念再度出现，且比上一次更加炽烈。闲暇时，我甚至常在打洛的大街上闲逛，希望能偶然遇见她，和她正经聊上几句，虽然我连她是否在打洛都不能确定。

十几天后，她竟又回来了。这次她没有扮成印度女人，而是穿着我第一次见她时那条长筒裙，黑发又是披散着的，神情有些憔悴。

一见到我，她就冷冷地说："莫多利，我真后悔认识了你，你第一次帮助我是那样的慷慨，可是这一次居然变得这样冷漠，你背叛了你的信仰，真让我失望。"说罢，她从口袋中取出两枚金币，丢到我的脚下，仍是倨傲地说："这是给你的报酬，我永远不会欠你什么。你拿着它们，去给你自己买几件衣服。以后我再也不想见到你。"

法官大人，您能想象到我当时愤怒的心情么？我真恨不得一把抓过她的手腕，把她投进监牢里去。可是我却像被女巫下了蛊一样，双脚被钉子钉在地上一般，一步也不能动弹，直直地盯着她将一大通恶毒的言论发表完，再头也不回地走掉了，又留我一人呆站在原地，一面气得浑身发抖，一面却无法抑制地难过。

4

当然，我与丹意的故事才刚刚开始，因为惊心动魄的情节很快就要出现了。没过几天，缉毒警察在打洛镇的一间小旅馆逮住了一个正在吸海洛因的人。那人吓破了胆，说毒品是一个印度女人卖给他的。于是指挥部的军官调查了近日所有入境人员的资料，最后竟发现只有在我值勤时有一个印度女人过境。那就是丹意了。

我的上司勃然大怒，任我狡辩、装可怜，仍是不能平息怒气，下令将我投进看守所关禁闭，罪名是玩忽职守，将来还可能把我送上军事法庭。法官大人，您看，这就是我说丹意是个魔鬼的原因。她一出现，便会给我带来麻烦，有时甚至是灾难。可是我太愚蠢了，因为我心里不但一点也不怨她，甚至仍然想念、惦记着她。她的笑容或冷漠在我眼中都一样美丽。

大概在监牢里呆到第十天时，狱卒突然神秘兮兮跑来，隔着铁栅栏对我说我妹妹来看望我了。我很纳闷，因为我根本就没有妹妹；可是不到三分钟，就看到丹意一脸坏笑走了进来。狱卒刚一出去，她便立刻开口对我说："小士兵，佛祖终于还是惩罚你了，因为你待我太坏。当然，也是因为你太笨。"语气依旧刻薄，可是我却莫可名状地感动。

她转头见狱卒不在附近，立刻把头凑了过来，在我耳边说："傻小子，我给了外面那个家伙一块纯色的翡翠，他才让我进来。虽然我讨厌你，但你终究是因为我才被关进来。这里有个东西，你要收好。"

说罢，她偷偷从袖子里递给我一个短粗的竹筒。

不知什么时候，狱卒竟突然在她身后出现，厉声问："你给他什么东西？"

丹意脸上立刻换上无比甜美的笑容，转过头对那人说："莫多利，我怕哥哥在这里挨饿，给他带来了妈妈亲手做的竹筒饭，不信你打开看看！"

我很配合地将竹筒上面的盖子打开，里面的确是热腾腾的白米饭。

狱吏有些悻悻。丹意却在他的胸口上拍了拍，风情万种地说："我们都是本分的人，不会给你添麻烦的。"

狱卒色迷迷地笑了笑，离开了。那一刻我恨不得冲出去将他的脖子扭断。

丹意也很快就离去了，我则一直在牢房里坐着，等天一黑，便迫不及待地将竹筒打开，在白米饭中抠出一把半尺来长的锯条和一张被揉成小团的纸条。摊开纸条，上面用缅甸文写着：逃出来之后，到德宏街18号找一个名叫玉琼的女人，并在她的家里等我。

我有些犹豫，因为我的罪过并不大，就算上了法庭，顶多关上三个月就会放出来。可一想到丹意冒着被逮到的危险赶来救我，仅余的理智立刻跑到九霄云外去了。于是我小心翼翼用那根锯条将窗上的三根不粗的铁条锯断，并从窗子跳了出去。外面漆黑一片，没有任何人注意到我的行踪。我低着头，在夜色中向德宏街跑去。那是一条很长的巷子，里面住了很多外国人，以缅甸人居多。

　　我摸到了18号，轻轻敲了敲门，一个又黑又瘦的女人将我拉了进去。屋里没有开灯，很暗，我看不清她的容貌。

　　"丹意呢？她让我在这里等她。"我问那女人。

　　女人摇了摇头，口中嘟囔了一串我听不懂的话，可能是缅甸或老挝的什么方言，我只好闭嘴，一个人坐在竹床上。没过多久，木板门"吱嘎"一声又打开了，丹意曼妙的身影闪了进来。她一样用我听不懂的方言对黑瘦女人说了些什么，声音很低、很急促，那个女人应承了一句，回头看了看我，便推门出去了。这样，屋里立刻只剩下丹意和我两个人。

　　"你这个笨蛋，十足的傻瓜，天下居然还有你这样笨的男人。"她刻薄地说，"不过你还算勇敢，从那铁笼子里逃了出来。明天全版纳的警察和大兵都会来抓你，看你怎么办。"

　　说完，她竟又噗哧一声笑了出来，好像自己讲了个有趣的笑话一样。

　　"这一切都是你害的！"我气鼓鼓地嚷，却又忍不住偷偷看她脸颊的轮廓。

　　"好了好了，不要再抱怨。我知道你恨我，可我又没什么本事。以后你就和我一起做生意吧。我看你身强力壮，虽然人傻一点，却也是个有义气的莫多利，有的时候还很可爱呢。"丹意笑着说。

　　我摇了摇头，说："我知道你是做什么的，那太危险了，而且也不道德。"

　　听了我的话，丹意顷刻翻脸，勃然大怒："你这不识好歹的家伙，一无是处的懦夫，我救你出来，你就这样待我。你给我滚出去，滚到大街上，明天天一亮，就让那些提着警棍的家伙把你打死，我会在你的尸体上吐唾沫。"

　　她语气很激动，仿佛我才是那个做罪恶交易、无可救药的人。我心中恼怒，本想立刻如她所说一般狂奔出去，再也不回来；可是转念一想，自己的确已无退路。若现在被赶出去，不出五个小时就会再被逮回监狱，这回就不是三五个月的问题，而有可能是终身监禁。我开始有点后悔越狱的举动过于草率，但此时此刻，已然无力回天。

　　就这样，我低下头，轻轻叹了口气，不再吭声，算是认输。

丹意见我这副尿样，似乎心肠又软了下来。她竟坐在我身旁，温柔地拉住我的手，在我的脸颊上亲了一下。她的嘴唇潮湿而温暖，我又把一切烦恼都忘却了。

丹意柔声说："其实在寺院第一次见到你的时候，我就喜欢上你了。你比其他人都好。是我害了你，可是现在我也没有其他办法。你要是想走，我不会阻拦你。可是你若留下，就可以和我一样富有，还能成为我的丈夫。难道你不想让自己更快活、更自由么？"

您听，这女巫一样的毒贩就用这样浅陋的花言巧语将我彻底击败。我哪里还顾得上其他？只会像只发情的野兽一样抱住她，吻她的嘴唇。她不但没抗拒，而且也如叫春的猫一样缠住了我。那是我这辈子第一次和女人睡觉，一言难尽，却永远也忘不了。

第二天一大早，她从床边的衣柜里找出了一堆印度人的旧衣服，套在我身上，还在我的鼻子下粘了一条假胡须。我望着镜子中的自己，感觉像是看着一个陌生人。

"看看我的莫多利，变成了印度人也还是这样英俊。"丹意拍手笑道。

我得承认，丹意的化妆技巧很高。走到大街上，没有任何人怀疑我就是昨夜那个逃犯。我甚至在一面墙上看到了通缉我的照片和告示，假惺惺地和其他围观者一起指指点点，有种罪恶的快感。从那一刻起，我正式抛弃了我的信仰赋予我的关于善恶和正邪的标准，从一个边防士兵变成了一个毒贩。尽管有些战战兢兢，但只要能天天和丹意在一起，什么都值了。

5

您看，法官大人，我本不是坏人。我对自己的信仰和自己的人民有强烈的责任感，可我却禁不住一个美丽魔鬼的引诱。而这，也是我认为自己应该得到宽恕的原因——我的堕落并不是一个渐进的过程，而是一个突然的决定，而做出这个决定的唯一因素就是丹意。没有她，我仍是我；有了她，我变成了另一个人。她已经开始毁灭我的生活了。

总之，我就这样稀里糊涂加入了丹意的团伙。除丹意外，我新结识了两个"工作伙伴"，他们都是缅甸人，一个年纪和我差不多，名叫貌岩；另一个年纪则长些，大概有40来岁，大家都尊敬地称他为吴山温。至于这些是不是真名，天知道。他们都能说一些傣语和汉语，寡言少话，尽管对我还算和气，实际上却都是亡命之徒。

丹意显然是这团体中最重要的人物，因为她总是能自由无拘地出入中缅边境，还隔三差五到金三角去，然后将几百公克的海洛因带过来。有时吴山温会随她一道去，装成她的父亲；而我和貌颜就留在西双版纳，有的时候住在打洛，有的时候干脆住在景洪，为他们接应。

起初，我对这个新职业十分抗拒，屡次临阵退缩，而丹意也总是毫不留情地骂我懦夫、蠢货。没过多久，我胆子渐渐大了起来。后来有一次，在曼西的山林里，我用匕首捅死了一个缅甸士兵。从那以后，我彻底放开了手脚。一个人无论是从善到恶还是从恶到善都有个过程，对于我来说这个过程漫长而痛苦。可当我终于跨越那个漂移不定界限，便成了英雄。

当毒贩的日子显然比做和尚或士兵有趣得多，唯一的缺憾就是丹意很少和我在一起。她经常要跑回缅甸去，因为我们在曼德勒和仰光都有同伙。我经常对她说："丹意，你为什么总要离我而去？为什么不能老老实实陪在我身边？"而她往往毫不客气地回敬："你又为什么总是婆婆妈妈，不能像个真正的男人？"每到这时，我就无话可说。我希望有一天能赚到足够的钱，然后带着丹意跑到泰国或者干脆跑到南美洲去，阿根廷也好巴西也好，和她结婚，隐居起来。但对于我这个想法，她更是嗤之以鼻。她无情地嘲讽道："你这样的笨蛋，根本不配做我的丈夫。"可将我惹怒后，她又会跑过来，像只绵羊一样亲吻我，缠着我，让我立刻忘掉她给我带来的一切烦恼。

法官大人，我并不是一个愚蠢的家伙，我在景洪的佛寺中接受了良好的教育。我心里很清楚丹意经常跟我撒谎，那谎言拙劣得连三岁小童都骗不了；可是不知道为什么，我就是要相信她所说的一切。有的时候我们赚到了钱，她会兴高采烈地跳起舞来，然后拉着我到镇上的集市，叫我给她买漂亮的头巾和昂贵的古巴糖。她会无限妩媚地在我耳边说："你是我的丈夫，我是你的妻子。"那真是我最幸福的时刻。可是这样的快乐的日子也没有持续很久，因为丹意是一个如此邪恶的女子，她总是不停的制造着事端，让我出离愤怒，也让我无比忧伤。

那是一个九月，丹意竟没有和我辞别，突然一个人跑回缅甸去了。我有些莫名其妙，问起另外两人，他们又都支吾着不肯告诉我。直到有一天我用自己调酿的米酒将平日和我关系比较好的貌岩灌醉，他才张口结舌地说丹意其实有丈夫，而且那人就是这个贩毒集团的头领。他早年救过丹意的命，丹意便嫁给了他。两年前他在曼德勒失手被捕，判刑两年。这几天是刑满释放的日子，丹意此去就是到曼德勒接他过来。

您能想象得到我得知这个消息后有多愤怒么？我用力攥住貌岩的手腕，声嘶力竭地质问他为何不早告诉我。他说这就是丹意，你这么聪明的人难道还不了解她么？她一天没有成为你的妻子，你就永远只能是她的情人。我哑口无言。

一个星期之后，丹意带着一个陌生男人回来了。那是一个三十多岁缅甸汉子，皮肤黝黑，身材高大，左侧眉梢有道浅棕色的刀疤。别人都称他吴拉茂。丹意挽着他的胳膊，偷偷做鬼脸气我。我没有和拉茂说一句话，甚至厌恶得看都不想看他一眼。貌岩和吴山温两人倒是和他十分热络，看来他们之间的交情不浅，这让我在气愤之余又有些嫉妒。在别人都未注意的时候，我硬生生地将丹意拉到外面。丹意一脸不情愿，却又争执不过我。在没有第三个人的地方，她用力甩开我的手，大声嚷道："你疯了？你是强盗么？"

我气得说不出话来，狠狠抽了她一个耳光。抽完之后，又立刻后悔，谁知她却没哭，只冷冷地瞪我，又猛然挥起拳头在我的鼻子上重重一击。她的力量对我来说虽然不算什么，但两个鼻孔还是流血了。打完之后，她似乎又被我狼狈的样子逗到，捂着嘴吃吃地笑。看到她这个样子，我也顾不上擦血，一肚子的愤怒立时消减了一半。

"我不管，你必须离开他，和我在一起。"我斩钉截铁地对丹意说。

丹意却不屑地撇嘴一笑，冷冰冰地说："你以为你是谁，你以为你帮过我，和我上过床，就可以做我的丈夫么？你比我想象的还愚蠢。"

您听听，她永远是这样，她说话总是又冷酷又刻薄，完全不管我的心为她破碎了多少次。可是，我又心甘情愿一次又一次上她的当，被她耍，被她利用，想都没想过放弃。

"如果你不离开他，我就先杀了他，然后再杀了你。"我恶狠狠地说。

听了我的话，丹意哈哈大笑，笑得喘不过气来。半晌，她摇了摇头："你这个傻子，你永远只是景洪寺庙里的那个痴呆的小和尚。拉茂杀人的时候，你还穿开裆裤呢，你哪有本事杀他？不要白日做梦了。"

说罢，她转过身，蹦蹦跳跳地跑了。留我在原地，独自流着血，百感交集。

此后，拉茂加入了我们的团体，而丹意也逐渐疏远了我。尽管有时她会趁别人不注意用手轻轻捏我的腰，或是挑逗地将自己的发丝在我耳朵上搔弄，可我若要抱她亲她，她又会立即躲开。

　　那段日子是我一生中最失意的时光。拉茂到来之后，顺理成章地恢复了首领的地位。他比谁都勇敢，头脑也很清醒。有一次在西双版纳的森林中，三个老挝的亡命徒追赶我们，他们手中有杆能把人脑袋一下子打爆的自制火枪。是拉茂急中生智，把我们带到一个他7年前挖过的洞穴里躲藏，救了所有人的命。其实抛开丹意的因素，拉茂是个很好的朋友，他十分够义气，只要自己能吃饱，就绝不让朋友挨饿。可尽管如此，我还是十分厌恶他。每每看到丹意依偎在他身上，我就恨不得冲上前去，将他的脖子扭断。拉茂也并不喜欢我，也许他根本就知道我和丹意之间的事。他很少和我说话，却对我始终保持尊重，因为我是团伙中唯一一个在西双版纳长大的人，最了解这个地区。如果没有我，很多交易都会失败。

　　终于有一次，我喝醉了酒，头脑发昏了，摇摇晃晃走到拉茂面前，骂骂咧咧地说要和他决斗，只有获胜的人才能拥有丹意。拉茂显然对我的这一举动很是不屑，只斜斜瞥了我一眼，继续和吴山温玩牌赌钱。他的倨傲自然如火上浇油，让我在冲动之余又深感羞辱。于是我冲上去，一脚将他面前的桌子踢翻，桌上的纸牌洒落一地，一杯滚烫的热茶泼洒在拉茂裸露的小腿上，黑黑的皮肤被烫红了一大片。

这下，拉茂是真的被激怒了，他口中用我听不懂的缅甸土话恶毒地咒骂我，倏地站起身，一拳打在我的脸上。我一头撞到墙角立着玻璃茶几，一大片玻璃被撞得粉碎，额头也开始不停地流血。拉茂个子比我高，也比我强壮很多。他似乎在过去的日子里积累了不少对我的怨恨，因为他并没就此罢手，而是走上前来用他的大皮鞋狠狠踢我的肋骨，同时厉声骂我："你这个疯子，一无是处的笨蛋，你有什么资格要丹意？"

本来我已心灰意冷，心想干脆就这样被他打死算了，一了百了，也是解脱。可是一听他提起丹意的名字，我胸腔的怒火竟腾地一下又被点燃。我转过头看站在旁边的丹意，听到她对拉茂高声尖叫、哀求，让他住手，可拉茂早已气红了眼，不耐烦地将丹意推到一边。瘦小的丹意一下子跌倒在地上，似乎摔重了，干脆坐在地上号啕大哭。

丹意的眼泪似乎给了我无穷的力量。我一把抓住拉茂的皮鞋，用尽全身力气将他拉倒在地上。拉茂猛然跌倒，无比惊慌，我终于在他眼中看见亡命徒才有的凶光。那一刻，我明白，必须有一个人要死了。不是他，就是我。

拉茂从腰间取出手枪，想射击我。慌乱中，我只好随手从身边抓起一块尖利的玻璃，在他还不及扣动扳机的刹那，猛地刺入他的胸膛。拉茂一声惨叫，鲜血从伤口汩汩流出。他终于还是扣动了扳机，只是那一枪已无法瞄准我的脑袋，而是打在我的左臂上。中枪之后，一阵锥心刺骨的疼痛，我声嘶力竭地呐喊，用尽全身力气将插入拉茂胸口的玻璃戳得深了些。

拉茂喉咙里发出一声惨烈的叫喊，直挺挺地死了。

我擦了擦伤臂的血，深呼吸，缓缓站起身，环顾四下。房间里一片狼藉。貌岩和吴山温两人目瞪口呆地望着我，丹意则坐在墙角，用手捂着脸。

我捡起地上的白色桌布，胡乱擦了擦自己手臂上流下的血，走上前去，轻轻抚摩丹意的额头，对她说："现在开始，你是我的了。"

6

两个同伴帮我偷偷将拉茂的尸体掩埋在一个偏僻的树林里。他们并未过多责怪我杀了拉茂，因为在他们看来，为心爱的女人去杀人并不是什么卑劣的事。丹意也没为拉茂的死而过分难过。她对我说其实她早就厌倦拉茂了，尤其反感他动不动就吃别的男人的醋。但我心里明白，拉茂的死多少还是伤了丹意的心，因为那段日子她比以往安静了很多，时常独自坐在房间角落里叹气。

我养伤的那两个月，丹意哪都没去，整天陪在我身边，无微不至地照顾我，像一切贤惠的缅甸女人一样。夜里她就睡在我身边，只要我一有动静，她就会起身查看，我时常想，哪怕就此死了，也值得。

"你真该被拉茂杀掉，如果不是你身边有那几块救命的玻璃碎渣，现在埋在树林里的尸体就该是你了。我照顾你，是因为你的伤因我而起，我可不想让你觉得我总是欠你什么。我什么人都不欠，就算以后你成了我的丈夫，我也不会。"她动不动就这样说。

"这回没有人和我抢你了，以后我就是你的丈夫。"我抱着她说。

她冷笑摇头："你这个傻东西，做我的丈夫有什么好。不过好吧，既然你愿意和魔鬼同床共枕，我也不会阻拦你。"

三个月后，手臂上的枪伤几乎完全好了，前段时间积攒下来的钱也差不多花光了。我们又要重操旧业。于是丹意和吴山温又动身去了缅甸，而我和貌岩则留在景洪，一边和当地的毒枭接触，一边等丹意的消息。可奇怪的是，整整两个月过去了，丹意始终没回来，而且我们之间也断了联系。我开始有些慌张，生怕丹意在缅甸出了什么事。最近一段时间形势很不好，两边的军队都加大了缉毒力度。我夜里常会猛然惊醒，一根接一根地抽烟，却始终无法缓解紧张与焦虑。

快到第四个月的时候，终于有人从缅甸捎来了丹意的口信，让我立刻到曼德勒去，因为那边有一大笔交易需要人去接应。接到这个消息，我欣喜若狂，立刻收拾行装离开了景洪。我曾经多次用假护照越过国界，早已轻车熟路。5天之后，就到了曼德勒。那是缅甸的大城市之一，非常繁华，毒品交易也很常见。

到曼德勒后，吴山温接应了我。他把我乔装成一个卖皮货的小贩，让我暂时住在城中心的一个民巷里。我迫不及待要见丹意，他却说她现在还不能来，让我先等一等。我心急如焚，恨不得立刻飞到她身边，抱着小别的情人，吻她的嘴唇。

我就那样在曼德勒暂时住了下来，白天提着皮货走街串巷，晚上一个人住在那间小屋里。直到第十天，吴山温才又过来，对我说让我明天去西贡大街的一个地方去见丹意，还说让我进去之后千万不要讲缅语和汉语，而要讲傣语。我有点摸不到头脑，但是一想到能很快见到丹意，一切疑惑都抛诸脑后了。

第二天，我起了个大早，就往丹意留给我的那个地址去了。一路上我心情十分激动，什么生意赚钱全不在乎，只为能够立即看见心上人。我怀里甚至揣着在景洪的集市上为她买的一枚红宝石戒指，幻想看到爱美的她收下礼物时激动的神情。

顺着七拐八拐的巷子，我找到了那个地方。眼前的景观让我大吃一惊：面前是一幢异常高大豪华的三层洋楼。那幢楼房墙外贴着乳白色的高档石膏砖，门外甚至还有一个很精致的小花园，园中种着一些山茶花。我目瞪口呆，以为自己走错了地方。低头看看手上的地址，才知道这就是丹意要我来的地方。

我正要按铁栅栏门上的门铃，却看见顶层阳台的门吱嘎一声打开了，一个美丽的女人从屋里款款走出，靠在阳台的扶手上，似笑非笑地盯着我。

那当然就是丹意了。她穿着我从未见过的漂亮衣服，头上戴着闪亮亮的金饰，柳眉杏目，嘴角还点了一颗颜色淡淡的痣，使她热情洋溢的面孔更添三分妩媚。

我心情激动却又满腹狐疑，正要开口喊她，她却抢先用傣语对我喊话："那个傻乎乎的莫多利，带着你的皮货上来，我一定会给你开个好价钱的。"

我莫名其妙，脑子里挤满了问号：她为什么在这里？为什么这副打扮？为什么不讲缅甸话？但又转念一想：她过去就经常假扮各种角色骗取别人的信任，因此也没多心，只是简单答应了一声。半分钟后，一位看上去有70多岁的老仆人打开楼房大门，将我上上下下仔细打量了一番，一言不发，将我带了进去。

房子里面的装饰和外表一样富丽堂皇。我踏进铺着水蓝色大理石的客厅，头上挂着结构复杂的枝状吊灯。缅甸人多半很穷，只有政府官员才能住这么好的房子。我感觉有点眩晕，不知道究竟发生了什么。

没过多久，我却看见丹意沿着盘旋的木质楼梯，如法国贵妇一样走了下来。正要激动，心头却又猛烈一颤——她并不是一个人，右手还挽着一个男人的臂弯。那男人看上去大约50岁，身材高大，头发灰白，穿着白色的丝绸衫，口中叼着一个烟袋，形容威严。

看到这个情景，我自然出离愤怒，下意识将担子狠狠朝地上一摔，就要冲上去把丹意从那男人身旁拉过来。丹意见我激动，立即开口，讲的仍然是傣语："你这傻瓜，这男人是整个金三角最有权势的毒枭，你不要讲废话，晚上我会去找你，你现在只管卖你的皮货。"

我有些懊恼，却也只能强忍愤怒。

丹意身边那个男人突然发话："你刚刚问他什么？"

他讲的是缅甸语，显然他不懂傣语。我突然想起临来之前吴山温再三叮嘱我只能讲傣语。看来他们早已将这件事情安排好，只是瞒着我，这让我有些沮丧。

丹意仍挽着那男人的胳膊，声音甜美："我对他说我想要两英尺的柬埔寨手染绸做内衣穿。你不是说我穿这种布料的内衣最漂亮么？"

她说谎的本领简直登峰造极，语气和表情丝毫没有变化。倒是她与那男人间的暧昧让我无论如何也受不了。

"你到底想干什么？你是不是已经和这个老家伙上过床了？"我气鼓鼓地问她。

"他对你说什么？"那个男人又问丹意。

丹意见我如此气愤，似乎有些惊慌。但她的表情瞬间即恢复了平静，仍是带着挑逗的笑，对她身边的男人说："他说他憎恨柬埔寨人，从来不卖那种染绸。我听这个小子说话很不顺耳，我们不要买他的东西，把他赶出去吧。"

说罢，丹意转过头面向，装出很气愤的样子，口中却用傣语对我大喊："你这傻瓜，你先回去，晚上我会去找你。"

说完，她挥手让那老仆将我连拉带扯地推出了大门。我不明白状况，又不敢发作，只好憋着满腹怨气，独自一人走回住处。整个下午我都没出门，在集市上买了两斤劣质米酒，一个人喝了个精光，直到自己眼前出现幻觉，让自己暂时忘记丹意和另一个男人亲热的场景。

傍晚时分，丹意来了。她仍是白天那副光彩照人的打扮，只是这回独自一人。

一见到我，丹意立刻勃然大怒，声嘶力竭高喊："你这个笨蛋，难道你看不出我在逢场作戏？你以为我真的会喜欢那糟老头？他是金三角最有势力的头目，傍上了这棵大树，干两笔就够我们吃一辈子了！若不是我机灵，一切都完蛋了。我处心积虑几个月的努力，差点就被你这笨蛋给毁了！"

说罢，丹意竟一屁股坐在地上哭了起来，像是受了极大的委屈。

我原本满腹怨气，本想狠狠骂她一顿，可是被她这么一哭，立刻软了下来，只顾蹲下身去，为她拭泪，还低声下气地说："都是我不好。我只是不想别的男人碰你，你只属于我一个人，我不惜为了你杀任何人。我宁愿一辈子受穷，也不愿你跟别人上床，那如同尖刀剜我的心一样痛。"

可是丹意却生硬地推开了我，冷冷地说："你以为你成了我的丈夫，就可以管束我了么？你太蠢了。我早就对你说过，我什么都不欠你，我不愿意跟你受穷。你可以打我，骂我，甚至杀了我，就像你杀拉茂一样，但你永远也不能让我像个哈巴狗一样只为你一人活着。"

我简直不敢相信自己的耳朵，愤怒的火焰再度升腾，那些劣质米酒的能量倏地冲上头脑，与此前激动的情绪一并爆发。我一把抓过她的手臂，狠狠地捏着，对她咆哮："你不要逼我，你不要以为我爱你就不会杀你。"

丹意没有搭腔，她趁我不注意，一拳狠狠打在我的小腹上。我一阵疼痛，握她手腕的力气一松，她便立刻如兔子般甩开了我的手臂，推开门跑了出去。

我火冒三丈，胸口仅有的一点温情消丧殆尽，立刻也站起了身，口中大喊着她的名字，用肮脏的词语咒骂她，撒腿朝她跑走的方向追赶。

丹意跑得很快，一路向西。我紧忙追，一直跑到曼德勒西郊那条河边，才赶上她。

这一次，我一把抓住她的胳膊，另一只手从腰间抽出贴身的匕首，抵在她的喉咙上，对她歇斯底里狂喊："你这害人的魔鬼，无情的女巫，你不要再逼我，我一刀就能要了你的命！"

丹意脸上没有丝毫畏惧，也如疯了一样回骂："你这懦夫，一无是处的流氓，除了小肚鸡肠，你一无所有。你和那个懦夫拉茂一样，是个垃圾。你杀了我吧，你这样的人永远也不配拥有我。即使我死了，我的亡灵也会远远地躲着你！"

您可知道，我看着眼前的丹意，内心那极度的痛苦和矛盾是多么刺骨。我当然不想杀她，可一想到她和其他男人亲热的场面，就无法克制自己的愤怒。我多希望一切都是一场噩梦，多希望一切都没发生过，我仍是景洪寺庙里那天真无知的小和尚，她仍是她，飘荡在某个与我无关的地方。想到这里，我竟突然哭了。我这辈子从未哭过，可这次，在我最最心爱的女人面前，像个真正懦夫一样呃呃地哭了起来。我一直牢牢抓着她的手臂，生怕她再跑掉，又我缓缓跪在她面前，另一只手用力抱住她纤细的腿，苦苦哀求："丹意，我求求你，不要逼我杀你，我知道你也是爱我的，你为什么要这样伤害我呢？你不要再伤害我，我只希望我能得到你的爱。这么多年了，难道我错了？"

站着的丹意也不再大喊。她沉思良久，轻轻叹了口气，温柔抚摩我的头发，缓缓地说："我当然爱你，但是我也爱拉茂，爱所有能给我带来快乐的人。可是在所有一切之中，我最爱自由。如果没有自由，我宁可去死。你不要再傻了，我们还可以像以前一样逍遥。可是如果你非要让我失去自由，那么我宁愿你杀了我。"

我抬头看她的脸颊，她的目光坚定而冷漠，有种无力回天的决绝。我终于绝望，仰头向天空撕心裂肺地大喊一声，流着无法抑制的眼泪，将手中的尖刀刺入她的胸膛。

丹意无声无息地倒在我的怀里，甚至没有发出一声叫喊或叹息。她的鲜血一滴一滴地落在我的手臂上，如同澜沧江河谷盛开的野花一样明艳动人。我对她最后的关于生的记忆，是她那双黑色的大眼睛直直地看着我，目光中有我无比熟悉却永远无法理解的涵义。这女魔鬼，终于如她所预言的一样毁灭了我，也毁灭了她自己。

7

讲到这里，我的故事也该结束了。后面的事情您和我一样清楚。我在丹意的尸体边失魂落魄了很久，直到月亮出现在半空中，才终于站起身，踱到曼德勒离我最近的警局自首。我对他们说我杀了丹意，并告诉他们丹意的尸体在什么地方。其实我原本可以逃走，逃回版纳，隐姓埋名，可在丹意离我远去的那一刹那，我突然感觉其实自己的生命也已没什么价值了，还不如彻底忏悔之后去追寻她，以求得永恒的安宁。

有时我会想，如果此生没有遇见丹意，是不是就能快乐终老。我不停地思考，也不断地否定，终于还是得出了一个让自己不愿相信却也只能无奈接受的结论，那就是如果没有她，我的生命永远也不会完整。她的美貌与智慧，她的谎言与邪恶，一切都像是咒语一样跟定了我，让我的脑里再容不下其他独立的灵魂，包括我自己。尽管我最终杀了她，也杀了自己，可我却从未感觉一丁点悔恨。相反，我认为我的生命比大多数庸庸碌碌的人要充实得多。

尊敬的法官大人，非常感谢您愿意浪费这么多时间倾听一个死囚犯的喋喋不休。您是个真正值得尊敬的法官，佛祖会保佑您。我只希望佛祖能够如您一样宽容，也保佑我那心爱的一生命运坎坷的丹意。只要她能得安宁，我愿在一切地狱的酷刑中承受永远的煎熬，远远凝望她在极乐世界里快乐逍遥。因为直到此刻我才明白，对于丹意这样桀骜与自由的灵魂，你尽可以征服，却永远也不要奢望占有。

后记

　　"丹意"的故事来自若干年前我在云南-越南-缅甸一带的行游经历。最初，是从一个从事民俗轶闻研究的老先生口中听闻这个故事。后来，在缅甸的小图书馆里查阅到零星的资料，主要来自英文报纸《New Light of Myanmar》。这起有名的情杀事件曾轰动一时，在上个世纪60年代几乎上了缅甸的全部报纸。尽管新闻报道大多言简意赅，却仍可从字里行间中体味到当事人的坎坷心路。

光明城池

///////////////////////////////
///////////////////////////////
/////////////////////// 文 \ 寐语者

萨尔斯堡

"永结同心，百年好合。"

我用中文说。

他睁大蓝澄澄的眼睛，像听见咒语。

我故意促狭地直译，"意思是婚姻有效期一百年。"

"一百年？那时候我得多老，多可怕！"

明日新郎咧嘴，倒抽冷气。

之所以是明日新郎，今天正是他告别单身的日子——这个被套上宝蓝色臃肿小丑装，满脸涂抹油彩，脖子上挂满叮零当啷的准新郎，正在手捧小篮筐，沿路"叫卖"巧克力，用这种方式分享他的新婚甜蜜。跟我们中国人发喜糖是一样一样的。

萨尔茨河岸夜市的璀璨灯火中，行人善意哄笑，亲友团呼啦啦一路簇拥，明日新郎博尽眼球，成了一道活风景。亲友团成员是清一色男生——高个子、大眼睛、笑容灿烂如萨尔斯堡七月阳光的奥地利小伙子们，个个像大孩童，笑声盖住了远处教堂起伏的钟声。

他们穿同款白T恤，胸前印有新郎新娘的卡通画像和一行粗体大字：
GAME OVER
背后印着新郎新娘的名字、婚礼地点和日期。

当时正在沿河闲逛的我，冷不丁被一个穿小丑装的男人拦住去路。
只见他笑嘻嘻递上一个篮筐，里面是巧克力和七零八落的一些硬币。
身后笑声涌来，冒出一群奇怪的人，围住茫然的我嘻嘻哈哈起哄。
一个棕发男生凑近眨眼，"这家伙明天就要结婚了，要挣钱养家了，你可以花一分钱买他的巧克力，或者带他走，拯救他！"
"救他，救他！"
"带他走，带他走！"
亲友团成员德语混合英语嚷嚷着一通挤眉弄眼。
满脸油彩的小丑捧着巧克力嘿嘿笑。
我考虑了一下，"我很乐意，但是行李箱不够大，不能把他塞进去拖回中国，真是遗憾啊。"
亲友团大笑，举起手中啤酒瓶，向新郎表示同情。
我送上中文的祝福，百年好合，永结同心。
新郎送上巧克力表达感谢，继续蹦蹦跳跳和亲友团沿路耍宝庆祝去了。
棕发男生走了几步，回头看我，有点腼腆地问要不要一起去玩。
今晚他们会有一个疯狂的告别单身夜。
我笑笑挥手说再见。
集市上行人熙熙，他们远去，我继续一个人游荡在旅途中的下一站：萨尔茨堡。

时至黄昏，粉红转蓝的暮霭漂浮在霍亨要塞城堡上空，远处那白色城堡，宛如童话。
温纯平缓的萨尔兹河隔开两岸，对岸的米拉贝尔宫属于浪漫，此岸的老城区属于历史，城外河岸的夜市，则是鲜活生香的生活。

蜿蜒临河的集市天未黑已亮起灯光如繁星，一排排白色阳伞次第撑开，从河岸延伸到老城门口。每一张伞下一个小铺子，卖各种趣致的手工小玩意，铁皮玩具、琳琅鲜艳的玻璃首饰、东方风情挂毯、绒线编织、皮革手镯，自然还有啤酒与冰淇淋，甚至中国炒饭。

大胡子奥地利厨师现场掌勺翻炒，亲切的酱油味儿与油烟扑面而来。

起初当我从对岸的米拉贝尔宫花园望过来，还以为这片灯火是城中举行嘉年华——也没错，集市里最有生活本真之美，何尝不是天天嘉年华。

米拉贝尔宫是《音乐之声》拍摄地，著名的大喷泉吸引游人无数；如今已改为市政厅，被称作世界上最美丽的婚姻登记所，巴洛克式宫殿建筑，梦幻般的华丽大旋梯，有无数新婚夫妇留下过甜蜜足印。明天，小丑新郎也将换上礼服，挽起他的新娘，走过大理石雄狮与独角兽守护的花园，迈进见证他们姻缘的殿堂。如同米拉贝尔宫的修建，从一开始就注满浪漫与爱意，它是当年一个位高权重的男人为他的秘密情人修筑的宅邸，从她的每一扇窗户都能望见他所住的城堡。

很多年里，《音乐之声》和《茜茜公主》都是我们这代同龄人最爱的电影。萨尔茨堡自然是影迷必来瞻仰的地方。

但在前来萨尔茨堡的路上，我并没有想起这些，已淡忘了电影的记忆。

没有理由，只是看到地图上这个名字，就订了从法兰克福到慕尼黑的车票，又从慕尼黑出发，说来就来。慕尼黑到萨尔茨堡沿途风景如在油画与水彩中穿行，森林、湖泊、绿野、尖顶白色小教堂与小红屋。美丽的巴伐利亚，茜茜公主的家乡，最美不过这一线。

到达萨尔斯堡是中午。

午后阳光灼人，酒店露台直对远山，风把窗纱吹得起起落落。

睡了个舒坦的午觉，醒来已黄昏，最合适拍照与散步的时间——大城小巷，充满时光沉淀感的建筑，宫殿教堂或平常巷陌，一定是在夕阳里最有神韵，在特定的光与影中才会开口对人说话。

没有旅行指南，没有计划，打开手机上google map瞄好方位就出门。不管目的地，不管时间，跟着直觉随便走，直觉是最佳导航，缘分会指引每个人到注定要去的地方。

米拉贝尔宫就这样走着走着，沿着路面落叶，不知不觉走进去了。

官殿是个耀眼却没有温度的词，总是冰冷。

但在萨尔茨堡这个空气里都酿满音乐与古典之雍容美的地方，米拉贝尔宫的石雕狮子都是温情的，都有顽皮愉悦的姿态表情。花园里玫瑰花枝缠绕围墙，藤萝拱门不见尽头，喷泉四周水雾氤氲，拂过此间的晚风也变得莹莹，花前月下你侬我侬的缱绻已渗进这里一石一木。

大喷泉前簇拥合影的游人让我恍然记起，《音乐之声》中那对璧人曾在这里相拥，美丽的家庭女教师曾在这里舞步轻跃。电影中最梦幻的那玻璃花房并不在这里，已被移去城外专门的地方供影迷纪念。数电影史上最唯美镜头，多半少不了那一幕。那个镜头也没什么特别，只是让人看了，瞬间恢复对爱情的信仰。

在欧洲看过太多官殿城堡，对童话建筑已经审美疲劳。但是夕阳西下时分，站在米拉贝尔宫花园台阶，一抬眼……奥匈帝国、哈布斯堡王朝、茜茜公主、男爵与女教师，无数悠远美丽的画面，就在眼前放映般自动展开。不同时代人物的画面里，共同的主题是爱情、音乐与自由。

　　离开米拉贝尔官，沿萨尔茨河而行，斜坡草岸，木条长椅，夕阳余晖倾倒在河面，一层温暖的金色漂浮如泡沫丰富的萨尔茨堡啤酒。

　　河边野鸭妈妈带着小鸭们结队游过桥底，坡岸长草里匍匐尾随的黑猎犬一跃而出，水花溅了涉水嬉闹的一对情侣满身。野鸭惊散，猎犬被主人喝止，傻傻站在水里，呆望到嘴的鸭子又飞了……被溅湿了衣裤的小伙子哈哈笑，脱了上衣，跳进河里游泳，女友在岸边石头坐下，微笑托腮，看他扑腾；不远处桥底栏杆，有几个流浪者倚坐弹起吉他，随琴声唱起歌的红发姑娘，小腿修长，裙角飞扬。

　　黄昏里寻常一瞬，萨尔茨堡最美的笑容在他们脸上。

　　如果说城外是透纳笔下水彩画般的生活，城内就是油画般斑斓沉淀的时光。

　　每个第一次来到萨尔茨堡老城的人，走进城门那一瞬间，不知各自是什么心情，反正我是错觉掉进了历史的缝隙，时空在这里稍稍错了一下位。

　　当年的规划建造者也许是出于防御用意，把建筑与建筑之间用穹拱相连，空间布局如迷宫般迂回妙曼，别有洞天。天井庭院里的餐厅，烛光摇曳，音乐声从各处飘来，掺在甜品、巧克力与酒的芬芳中，晚餐时分的空气不能深嗅，色香味会把人催眠。

走在老城街巷里不能忘了抬头看一看错杂林立的古老店招。

几百年的街面和建筑，百年的老店铺，随便指着一块华丽繁复的店招就能追溯出一个家族的传承，一个街名背后就有一个世家的传奇……虽然这样的店在欧洲很常见，不是萨尔茨堡的专利，只是萨尔茨堡把这种老欧洲的骄矜范儿，融进世俗生活的温情细节，更漫不经心，更像个和善微笑的老祖父，叼着烟斗散步，不像巴黎的没落名门那么在意贵族头衔，但你从他的背影，却看到沉淀几百年的腔调。这腔调在萨尔斯堡街头巷尾，光影陆离，无处不在。

我走进一间店招上铭刻着起始年份18XX开头的庭院餐馆，坐在露天小木桌，问服务生有什么推荐。她翘起拇指回答肉排、啤酒！

欣然接受她的建议，等到肉排上来，赫然是比我脸还大的盘子，实实在在两大片，金黄焦香，嗞嗞冒油。倒啤酒的大叔，认真到苛刻，一定要把泡沫控制在完美比例，多了一点都倒掉再来。

肉排诱人，但也相当考验刀叉锋利度与牙齿力度，我拿起刀叉艰苦拉锯半天之后，邻座一个人悠闲喝着啤酒的奥地利大叔看不下去了，笑着冲我说，"finger！finger！"

我看看他，看看肉排，果断弃了刀叉，麻利动手。

大叔满意地说，"这就对了，大肉排就得这么吃，虽然这确实不是适合淑女的食物，但是它真的很好吃，对吧？"

我啃着肉连连点头。

大肉排吃饱了，酒喝足了，雨也星星点点洒下来。

庭院里烛光闪闪，撑起白色的伞，雨声里人语琴音都低了，情侣们三三两两偎依伞下。

夜风凉了，我裹上披肩离开，去换一处暖和的室内咖啡馆待着。

打烊后的店铺还亮着橱窗灯光，一家家逛过去，被一家橱窗里的鞋子勾住目光，挪不开步，这时候听见对面传来熟悉的曲调，回头看见街对面的小咖啡馆，灯光微暗，烛光摇曳，一对男女相拥跳起探戈。

无法不被那舞姿那音乐吸引。

我走进去，在门旁小桌坐下，怕打扰那对舞者，侍者静悄悄过来，店里冷清，除了我们没有别的客人。烛影里相拥起舞的男女，影子交错投映在墙壁上，黑白明暗，忽趋忽离，是两个人又似同一个灵魂密不可分。我第一次看见人这样跳探戈，专注，却不剑拔弩张；胶着，却没有欲望张扬；不徐不疾，亦步亦趋，缠绵的力度，不需耳鬓厮磨，已然息息相连。像两个默契故人，知晓彼此呼吸脉动如同另一个自己。并非他们跟随旋律起舞，而是旋律在追逐他们的愉悦。

烛光下，我与侍者的目光也静静追随这对舞者。

他们在无人之境，在彼此臂弯，不在这个世界，完全不在意旁的存在。

一曲终了，探戈舞者回到他们座位，烛光下才看清楚，是一对鬓发斑白的老人。

他们微笑欠身回应我和侍者轻轻的掌声。

我不知道他们是执手偕老的夫妇，还是长久相伴的情人，或是晚来邂逅的知音。

多少故事藏在这一曲蹁跹后，不足为他人言。

很多年后当我鬓色成霜，不能再踩着高跟鞋飞快回旋，不能将腰身低折，那时你也蹒跚，我们的探戈是不是也还可以这样跳？

一小杯加了威士忌的黑咖啡还没喝完，倦意浮起来。

雨夜里舒缓的音乐与烛光让人恍惚，思绪从这尘世逃逸，渐渐远离。

今夜适合遗忘，不宜念想，且放下一切睡个好觉。

雨下得正急，我起身离开。

出租车上与司机随口闲聊，他想去中国旅行，问我推荐哪个城市。我怔住，一时间想不起有哪一个城市在心底最深刻，都好，又都面目模糊，如同过往的情人。

回到酒店，午夜雨声里入睡，梦境安恬。

与一座城池初相见，在午后，在黄昏，在暮色，而它予我的第一印象却是brightness，鲜朗明亮，丰沛优雅，注满和煦光明。

第二天早起去霍亨要塞城堡。

第一眼看见它，是在慕尼黑过来的火车上，远远隔着河，午后艳阳照着河水粼粼闪耀，映着它在山丘之巅，层云之下，凛凛的纯白与黑，背负碧蓝无际天色。那一刻我就想，一定要登上它，看从它的眼里看看它所守卫的萨尔斯堡。

小山丘并不高，散步就走上去了，没有必要开车。但我坐TAXI到了山下，司机指了上山的斜坡路给我看，车费已经付过，我要开门下车，他突然说，算了，我还是把车开上去，你就不用走路太累。陌生人不计小利的善意体谅，总是不经意把你感动。

有缆车可以直接坐上城堡，但那样会错过从最美角度一步步走近它的机会，错过从城墙下仰头望，一壁孤立，透出苔色与风雨痕迹的白墙上徽章高悬，昔日军事要塞的威严记忆，于时光已淡去，于它从未离去。

欧洲的城堡多如牛毛，基本是群破落贵族，少数盛妆不衰，维持着华丽壳子，珠光宝气，力挽腔调。其中有一个这样的戎装将领，不太高贵也不倨傲，长久沉默，皱纹沾了沧桑，身姿仍英武。

整个上午游荡在游客寥寥的城堡里，一个角落、一个房间，一处旋梯，循着光线与风的来向走过去。极具开阔气质的城堡，几乎每个房间和走道都有明朗的大窗户迎接金色阳光，足够策马逡巡的平台，俯瞰四野山川。

瞭望平台上的露天餐厅，花荫掩映，以奢侈的风景佐餐。

在凭栏的座位坐下，恰有悠扬钟声，远处山岚流云，近处绿野盎然，脚下是整个萨尔斯堡；一杯加了醇酒的莫扎特咖啡送上来，阳光照耀着瓷杯的银边；风很清冽，吹送来鸟鸣花香和天外游丝般的小提琴音。不必四顾寻找琴音的来源，旋律无处不在，这里是萨尔斯堡，莫扎特的故乡，音乐和空气一样亲切平常。

树阴下的阳光斑斓与咖啡香，薰然让人醉。

有个年轻妈妈独自一人推着婴儿车，带着婴儿旅行，上台阶时很艰难。我帮她抬了一下婴儿车，她擦着一脸汗，笑得灿烂，一边道谢一边给睁着大眼睛四顾张望的baby喂水。

我一个人旅行，有时也觉疲惫。

她需要多大勇气和坚强，才能带着那么小的婴儿上路。

流连到午后才离开，走出城堡时的眷恋心情令我不解，像要离开一个阔别了很久，刚刚归来又要启程的地方。这种感觉，于我辗转频繁的旅行中，并不常有。

也许有些记忆和机缘真是说不清的牵引，不管多远总会经一双双的手把你带去。

从城堡走回到老城，没有看地图，循着路边卖艺者的琴声走，然后闻到咖啡香，抬头就看见了Tomaselli café。始于1705的老咖啡馆，无数名人或非名人，绅士淑媛和匆匆旅人，在这里同一张桌，同一个角落，饮过同样滋味的咖啡。巴黎左岸那一个个店招都成传奇，每一个悠久的欧洲城市多多少少总有这样的咖啡馆，站在时光深处俯视你。如果有一张可曝光无穷次的底片，每个走进去的人都会留下一个影子，影子叠着影子，你不知道你的影子会不会叠在百年前哪个音乐家身上。人们就是出自这种心思吧，才去把Tomaselli的小露台挤得永无空位。这样的老店，矜持不凡是必要的，侍者们白衣黑领结，举手投足与别处不同。就算你不爱咖啡，不慕盛名，只是好奇什么样的店可以从1705年开到2011年，那么走进去坐在窗边，用喝一杯咖啡的时间，给自己一小段穿越时光的错觉，回到十八九世纪某个似曾相识的午后，暂时忘记自己是谁。那也很不错。

　　喝完咖啡出来走在教堂后的小路上，看见美丽的墓园，生死轮转的场所，每一块墓碑都是精雕细刻的艺术品，墓前的花篮烛台异常鲜艳活泼。

　　午后的小雨，纷纷扬扬洒下来，天色阴了。

　　我站在街边一时无处避雨，上了一辆老式马车，不要雨篷，不坐后面，和马车夫一起披上雨披，坐在他旁边，高高扬鞭，在雨中驾车穿城。

　　马车夫是个五六十岁的奥地利人，蓝眼睛在一团皱纹里闪着孩童似的骄傲促狭，开玩笑的时候不露笑容，冷幽默让你绝倒。

　　一上车他就打量我，直刺刺倚老卖老问，为什么美丽的姑娘一个人旅行没有男伴？

　　我答，如果带男伴，就不能在每一个新城市遇到一个新情人。

　　老头子哈哈大笑，笑半天说，他也没有结婚，但他有两个情人，一个叫蒙娜，一个叫丽莎。

　　说着，他扬鞭指向前面答答优雅扬蹄的两匹栗色马，赞叹一声，她们真美。

　　我深有同感，的确是性感得不得了的马，长腿丰臀，优美肌肉，不输给任何美人。

　　马车绕城一周，到河边外城马路上时，老爷子兴起催马，蒙娜和丽莎欢快小跑，超了一路的汽车。我们都很愉快。下车时同老爷子道别，我多给了些小费作为感谢。他骄傲地撇撇嘴。我说是给蒙娜和丽莎的，他才一笑收下。

　　小雨早已停了，天色也将黑。

　　踱着步往城里走，午后沿街卖画的艺人纷纷收起画架要回家了。

　　张望间我的目光被一幅画吸引，画上女郎有双生动异常的眼睛。驻足正要细看，有一双手把那幅展示的画揭下卷起，收走了。

　　我和那表情漠然的画师打了个照面。

他打量我。

　　我指着画问，你能这样画我吗，像画这双眼睛一样。

　　他笑了，低头看一下表，说可以。

　　我就坐下来，在渐渐游人离去，天色变暗的街边，侧坐在一张小椅子上给他画。

　　他一边飞快刷刷勾勒一边问我从哪里来。

　　他说他从俄罗斯来。

　　难怪有双比奥地利人温度低一些的眼睛。

　　我问他来这里多久了。

　　他笑笑说，十多年。

　　回过俄罗斯吗？

没有。

我没再问。

很快画像就完成，画上的女人不像我，眼神落在太飘忽的远方，如有所思，如有所待。

我笑着说画得很漂亮，但这不是我，这双眼睛不是我。

他立刻严肃了，用那双俄罗斯人的眼睛盯着我说，这就是你。

我无所谓地笑，好吧，好吧。

他摇摇头，卷起画递过来，半玩笑半认真地说，"我把画送给你，不用付钱，如果有幸请你吃晚餐，我再解释这张画为什么就是你。"

其实是像的。

是我不乐意承认自己被捕捉到了那样的神色，像一个被泄露的秘密。

我有所思，犹在远道，逆流相随，前路悠长。

今夜我想一个人待着，在离开萨尔茨堡前，安静地和它待着。

付了钱，带走画像，同是离乡万里漂泊在异国，相逢一笑，互道再见。

我告诉他我的名字，但没去记住他拗口的俄罗斯名字。

辞别萨尔茨堡，下一站因斯布鲁克，再下一站维罗纳，就这样一步步走进宿命之城。

写给1988年暑假的高晓松

—— 选自《如丧 我们终于老得可以谈谈未来》

文 \ 高晓松

寄往：无尽岁月
寄自：北京东城看守所

我们终于老得可以坐下来谈谈未来。

所以，小子，别急着边走边看，找个楼顶，最好风和日丽，视野开阔，带上手巾，对了，一定要有栏杆，省得你小小年纪想不开，看完信直接跳了。

知道你爱听好事儿，报喜不报忧，先把好事儿告诉你：我替你娶了一大美女，别激动，丫那会儿才一岁，在河南一小城里吃奶，没空被你目击。

丫还给咱生了一小美女，四肢齐全坚强豁达，沉鱼落雁眼睛不眨，堪称奇迹。

关于你的理想，至少表面上看应该算实现了，主要是你命好：大师们死的死颓的颓，再加上你脸皮厚，拿那点三脚猫的手艺东一榔头西一棒子乱拳打死老师傅，竟使竖子半夜成名。

咱爹咱妈都还活着，脾气都变好了。咱妈紧跟时代，开车电脑谈恋爱。咱爹写写书喝喝酒，越来越宅。人们说世界变快了，可我数了数，也还是365天围着太阳逛一圈，还行。

老钱还是咱铁哥们，丫生了俩，这两年有点颓。不过别担心，最近全球变暖，为了坚持能量守恒，大家心里纷纷变冷，颓的不是一俩个。不过咱还好，咱脸皮厚，保温。

老狼竟然还和潘茜在一起！而且甚至并结了婚！我替你去了婚礼，他俩拉着我哭，我知道其实他俩是想拉着你哭，但找不到你。老狼生不出孩子，因此也颓了。

好了，好事就这么多。噢，对了，祖国欣欣向荣，超英赶法，连日本也不是对手，听说现在GDP（你可能不知道这是啥缩写，没关系，大伙都不太清楚）已经排世界第二了，大家都开上了一种叫私家车的——别提了，倒霉就倒霉在开车这事儿上，一会慢慢跟你说。

前一阵郑岩说八年来第一次回国，求谋面。可惜我那时也在米国（美国），没谋着。你别急，听我说。你们后来没多久就分手了，原因仅仅是因为人家帮你背的琴不小心掉在地上摔了个口子，你丫竟然当街跟人分手，骑车扬长而去。真孙子。

记得那时候你最爱掖俩书名：《霍乱时期的爱情》，《更多人的死于心碎》。那时的文艺女青年多好骗呀！俩书名！

好了，因为你，我现在正翻译加西亚·马尔克斯的《Memories of my melancholy whores》。你没听说过这本，04年老了的快八张儿时写的，我翻成《昔年种柳》，纪念一下你不靠谱的青春。这本里有句话剽窃了《霍情》："一个人最初和父亲相像之日，也就是他开始衰老之时。"当然我不会翻得这么酸腐，但最重要的是我越长越不像咱爹，活生生长成了一个杯具（这是现在网上流行的词，学着点。噢对了，网上的意思就是好几亿人在一种叫互联网的气体里瞎JB逛。互联网是什么？这我可解释不清了。你丫那会不好好学习，净天天上当，导致我现在科学知识贫乏，你大爷的）。

再也没人死于心碎了，一种叫麻木的特效药治好了这种鬼病。大家现在都死于各种奇怪事件，俗称天灾人祸，说出来保证你不信，还是不说了，反正没人死于心碎就对了。

郑岩的事儿还有一插曲：你俩分手后六七年的光景，丫跑到汇源公寓来找我，那时候咱发财了，住在你没见过的高级公寓里。丫说跟你谈恋爱时你只会接吻不会干别的，逼得丫后来把贞操给了别人，其实也不是啥外人，是老狼这孙子的八中同学。丫说觉得你亏了，就在跟八中那哥们出国定居前一天跑我这来乱搞了一次男女关系，算是纪念你们俩霍乱时期的爱情，免得出了国死于心碎。

郑岩说完了，你还想打听谁？

你那帮大学同学有一半现在米国，包括我，我们有组织有预谋地起早贪黑建设着米国，实践着你们"厚德载物，勤劳致富"的校训。你们班李松太不靠谱，竟敢在硅谷这种神圣的地方给咱戴绿帽子！不过还好，是前妻，你那时候为了方雨老往贸大跑，丫就是那的，比方雨小儿届，认识三天结婚不认识两年离的，跟你汇报下。李松这孙子当时给建筑系那大情B戴绿帽，你就觉得丫不靠谱，结果我没听你劝，还把丫当哥们。不过丫给人戴了一辈子绿帽，最后为了搞个绿卡硬是娶了一宝岛大丑女，报应得不行不行的。

我干了一傻事：你们初中同学毕业20年聚会，我知道你那时候想赵建晖想得红毛眼绿，死活把俩人手都没拉过，就同过半年桌外加玉渊潭湖边站过俩小时当你初恋，于是我告诉大张罗李伟时说，赵建晖不去我也不去。对了忘了告诉你，为了纪念你丫手都没拉过的倒霉初恋，我写了首叫《同桌的你》的歌，有小半年差点成了国歌，狠狠搞来一些名利，一直吃到现在。接着说你们同学聚会，规定进屋就挨个指认，认不出一个罚一大杯酒。我给你丢了人，我认出来所有及其他，就是没认出赵建晖，因为丫居然一点没变还是那么美。丫嫁了一医生，原因是丫也是个医生。你说俩医生晚上躺一起，两坨器官和组织摊在那儿讲卫生，怎么弄啊！怎么把长发盘起呀？

咱现在有钱了，但我还是老去西四那家延吉冷面，你记得那时候有个站门口一脸不耐烦的小姑娘服务员吗？人现在当经理了。见着老客人就眉开眼笑，毫不矜持。我去了，还是你定的老三样，拌肉、泡菜、大碗儿。我记得你那时候四毛五一大碗儿，现在多少钱？我不记得了。

爷爷奶奶外公小姨都死了。奶奶走的时候是我致的悼词,我说大家鼓掌吧,奶奶用了九十四年的时光证明了不管这国家多苦,都有人活着。大家鼓掌,那次也见到你妹妹,她也鼓掌,其实那时候她已经快离婚了。她委托我去和你妹夫,一个两米高的德国鬼子谈判离婚,我去了,你猜你妹夫说什么?丫竟然说你妹曾发誓永远爱他!我说操你大爷,你丫以前没跟女的说过永远爱人家吗?你丫不也跟N多欧盟妇女发过誓分过手后来又娶了我老妹吗?你丫装什么大个的!你猜怎么着?我跟丫谈好了,后来你妹又不离了。你妹说反正也没啥好男子,原来她说过其实嫁给你还行,至少门当户对。后来觉得你也不靠谱,男人没一个好东西,你外甥女好歹也得有个爹,就没离,搞了一种叫分居的勾当。

我去了一趟你一直想去的苏莲托。那时我在那不勒斯百无聊赖,拿着地图各种看,结果看见了小镇Sorrento。我连夜开车沿着海边悬崖峭壁长途驱到那,在海边替你唱了《重归苏莲托》,最后转调那没唱上去,鞠了一躬,买了个泳裤游了会儿泳。白天有个意大利姑娘让我帮她擦防晒霜,结果她汗毛很重还有晒斑,破坏了苏莲托的美感。我就去了安科纳,把车开上船,横渡了小半个地中海。我知道你喜欢海,所以去了很多海边,还给你写了个又骚又长的文叫"处处是海洋"。没想到离婚后你前妻把我的书和手稿堆在一个车库里,我转了一大圈最后找到住的地方再去拿时已被耗子啃光了,包括你那时候淘来的元代出版的《马氏文通》和英国日不落时期古老地图集,对不起,我那时候有点迷茫,该丢的都丢了。

离婚后我替你试了试"花"是啥感觉,太花了,还是别说了,省得你这会儿就跳下去了。总之没什么意思。有一次我和郑钧在丫开的不靠谱的酒吧包房里爬梯,我俩都喝大了,丫跟我说丫吓了一大跳,我说为啥?丫说这屋里的姑娘丫都上过!我顺着丫的中指看了一圈,我也吓了一大跳!所以说没意思,都是亲戚。还有一回我把一个刚认识的堪称美的文艺女青年骗回家,完了事问丫的看上我哪儿了怎么这么不矜持?丫说操你大爷你真不记得我了,我十八岁那年的贞操就给了这张床,你丫连床单都没换!那时候我问了个不该问的问题,我问丫现在多大了?

丫走了,给我留了封长信,文笔如椽,比安妮还宝贝。对了,你不知道这个女作家,我想给你介绍下,伊是个日本人,名叫安妮宝贝,用日语写作。你知道日语,说明白个意思得花比中文多三倍的字儿比如我爱你就得说"阿娜达娃阿姨洗带路"这么多,不忍睹。

丫的信就是这么长,我只记得每段开头都是"多少次,我——",看意思其实一共就两次。你知道，女人永远说我在等你。其实是等来谁算谁，那次算我脑袋上了。我估计那事是你干的，你忘了告诉我，让我很苦恼。

有一年，其实就是第二年，那时你刚上大一，天气不太好，大家都很愤怒。有几十万读过和没读过《生命中不能承受之轻》的学生在街上抽风，喊了很多口号，其实都是一种节奏，是一种简易版的秧歌。跟体育场里喊谁谁谁加油谁谁谁傻逼一个节奏，听得围观的无知群众昏昏欲睡，当然无知群众也喊一些口号，是纯正的秧歌节奏。总之你在穿着白大褂的北医队伍里发现了郑岩，那会你们分手差不多半年了，你已经跟咱四中那个黄毛混血小丫头好了。黄毛混血被一些自称学生领袖的外地人看上了，你知道，就是在大学里挨好几顿揍还吟裴多菲诗句的那种南方人，他们非让黄毛混血去春游，你说这姑娘才高二，南方领袖说高二也可以春游，就把黄毛混血拉去当广播员了，见一面还得四个南方人批条子，册那娘。结果你就遇见郑岩，然后你俩别上校徽带上学生证就去了火车站，对了，那阵子吃饭理发泡澡堂子坐火车亮出学生证就都不要钱。

你俩在火车站拼命挤13次车去上海，你俩为嘛要去上海？要是我就去拉萨。噢对了，那时拉萨还没通火车。总之你俩没挤上去车就开了，每个车门外面都挂着几个莘莘学子，像肛门上挂着没拉干净的屎。你俩又转身扑向去福州的45次，因为听说上海真茹站会停一分钟。你脖子上挂着郑岩的小包挤上去了，郑岩还在站台上，因为她比较胖你比较瘦。忘了告诉你，我现在已经170斤了，脑袋比你那时候屁股还大，嘴显得很小，不是很和谐。

总之郑岩冲你喊说包里有一百块钱你用吧然后就走了，其实她没动是火车开了。你正好身上一分没有，正好。然后你就被春游荷尔蒙载体们挤到一个身材婀娜的大眼睛面前，其实没有面前，是被迫全身严实合缝紧紧贴在一起，比冬天裹在军大衣里的情侣们贴得还紧的那种。你看见她巨白的胸前挂着北外的校徽，她也看见了你的。那时代没骗子也没办假证的，于是你俩就攀谈起来。作为春游的俩逃兵，你俩谈起了爱情，我还记得大眼睛问了你一个问题：为什么我男朋友身上老有一股黄豆味儿？你说因为丫肯定没事儿就手淫。彼时周围虽然挤得针插不进水泼不进，但别人都没听见这句让大眼睛沉思的淫句，那时候正好来了一列北上的火车，别人都伸出头去冲着那列车用秧歌节奏喊一部分春游口号，没听见。大眼睛后来哭了，弄得你的确良青衫湿。

由于你本来去上海也只是为了吃生煎，而杭州不但有生煎还有小笼，于是你跟着大眼睛去了杭州，谈了一星期恋爱，其间还路过杭州春游学生果敢地武林门广场，认识了春游青年郑钧。当然你没印象了，是后来郑钧跟我说的，他让你代表首都学生发言，你说春游了不用上课不用期末考试不用军训很好很强大，至于春游的意义南方人会告诉大家。然后就和大眼睛去西湖边看一只海鸥慢慢掠过水面，甜蜜而忧伤直到树丛里有个近在咫尺未被发现的南方人忽然说：你们怎么不说话了？我喜欢听北京话。要不要啊！

一星期后春游失败了，你和大眼睛在杭州火车站成千上万呼天抢地要去北京给孩子收尸的家长中间壮烈分手，为了悲怆的祖国，决定素一阵再说。

后来你被爷爷关在爷爷家里，每天看雨水打在二楼青色旧瓦片上，吃了很多生煎和光明牌中冰砖，写出了人生的第一首歌。我记得名字巨恶心，叫"逃出城市"，恶心得我都不好意思用书名号概括。

再后来你和近两万名白吃、白喝、白玩、白闹了一暑假的同学一起，被大铁门锁在学校里反省，大家都写了半页纸的检讨。只有中学大学一直被你欺负，以致在大好时光里啥也没吃喝玩闹上，并且春游期间每天坚持按课程表去无人教室上课的预备党员谢皮同学，掏心掏肺写了22页深刻思想汇报。你问谢皮你丫啥也没干，写这么长干甚？谢皮认真地说："我动摇过！"然后丫端着脸盆吹着口哨由于卸掉了心灵包袱而无比轻松地走到水房门口，纵身一跃，脑袋撞在门框上，缝了14针，差点把眼皮缝上，千真万确。

最后你终于翻墙跳出铁门去了北外，穿着咱爸从米国星期天旧货市场给你寄来的一身的确良耐克，拿着一把被郑岩摔坏了又被胶水粘上的吉他，和一首你写的英文情歌，因为大眼睛是英语系的。结果在人家三号楼门口台阶上坐了一下午，看见大眼睛从一个英俊挺拔男生自行车前梁上飘然落下，说："你来了，这就是我男朋友。"

你闻到一股新鲜黄豆味儿，然后说我想给你唱首歌。大眼睛说这不好吧，祝你幸福。跳上前梁被自行车运走了。你丫这个没出息的竟然无语凝噎，然后在人家三号楼台阶上弹着胶水和吉他唱了那首倒霉英文歌，哭得跟鬼似的。也不知是为失败的春游还是失败的爱情。后来大眼睛和她的上铺，老钱的前女友爱丽同学一起去米国，俩人都在旧金山混吃等死。我好像在那见过她们，也可能只是通了电话，要么就是老钱和她们通了电话。反正她们很想念我们，有时候还谈起我们长吁短叹什么的。大眼睛的手也很大，巨柔韧，能用手背抓起一个苹果，令人发指。

我该打铃睡觉了。最近老有个非常脸熟的人推着小车来卖饼干和桃酥，跟我打招呼，我觉得我跟丫见过很多次，但一次也想不起，也许你见了能想起来。查房了，明天继续。

昨儿净说妇女们了，今儿汇报下你那帮哥们：你们乐队后来越玩越死亡，你觉得太躁太吵，背着组织偷偷写骚柔骚柔的情歌，大家产生了发自内心的艺术分歧。你和老狼于是愤而南下海南岛勾引歌厅领座和领班骗取免费花生米和夜间小听众，继而被歌厅开除，四处流浪，半夜成名。你丫是不是特想听你怎么成名的？要我说，真难以启齿，就像人家问我怎么把大美女弄到手一样难以启齿。总之你24岁成名，变成了我。老狼也成名了，变成各种才不双貌不全文艺女青年的宠物。丫也趁机宠幸了几个，每隔一阵就狼奔豕突在细雨中呼喊并以面洗泪，实现了把生活搞得狼狈不堪的梦想。

你们乐队在清除了你们两个右倾机会主义分子之后，成功走上了死亡迷幻金属的羊肠小道，咬牙坚持了十年。期间发生了经纪人徐涛毕业开了小装修公司继续养乐队的先进事迹，也发生了李丹先嫁给蒋涛又离婚嫁给戴涛或者顺序相反的摇滚乐队规定动作。豆腐转了一圈嫁给了许宁峰，表明当年跟你们乐队混的姑娘们确实靠谱，至爱亲朋。老尹也想和大家同归于尽，有一年冬天下大雪时请你去她家喝酒听原版打口唱片，你俩听了半夜你才发现客厅里支了一架钢丝床，被褥齐全还有枕头，你丫也不知真喝多了还是假的躺那了，老尹趁势钻进被窝，你丫一下醒了，晓之以理动之以情，半推半就死活不越过友谊边界云云，其实主要是那时你还是处男，怕人知道传出去丢人。老尹自然不明就里以为你嫌人家胸小，恼羞成怒将你半夜轰出门。

那天你独自走在雪花纷飞的六铺炕，觉得路灯孤单至遥不可及，没有车辙和脚印的路不知通向哪里，那时你想起了我，你很想跟我说说话可又不太信任，我怕我嘴不严，怕我混得不好成了远房穷亲戚连累你，又怕我没人疼没人爱跟你抱头痛哭，尤其怕我其实已经死了只是一缕怀才不遇的冤魂。你想了很多，一直到雪停了有流星或者航天飞机划过，你那时许了个愿，你还记得吗？

十年后你们乐队解散了，杳无音信。我遇见过蒋涛，好像他有什么活儿找我，去没去我忘了。再见面我已忘了他和你共同发起组乐队的狰狞岁月，把他当成圈里一个小职员对待，后来就没再见。

你结拜的哥们和哥们的女朋友们下场都不太好。老大倪勇不知所终。老二李清华当了律师，据大家说变得鸡贼不堪占便宜没够吃亏难受。老三盛志民狂爱艺术，先是跟我去圈里混，后来跟孟京辉、陈果、张扬搞艺术间或被艺术搞，再后来自己当导演拍些乡下苦逼根儿进城翻白眼儿类型俗称第六代小电影，我在柏林电影节下着大雪的街上和庆功酒会外面的廉价酒肆里遇见过他，给我介绍操着各种倒霉英文、言必反好莱坞的小型艺术金刚若干，他和他女友或老婆一起承包了三四个欧洲小电影节在中国的选片人角色，大量输送乡下苦逼根儿进城翻白眼儿。老四李国江有一天忽然出现在一家游戏公司当副总，为照顾我生意让我帮游戏做个音乐剧，我写完了录完了正要交活他们公司忽然又倒闭了，欠了我20%尾款，于是我也欠了大家的，反正我没亏，他也没因此被扣工资，最后还给我发短信说下次一定补齐，挺仗义。我去年带着老婆闺女回国，在动物园海洋馆遇见老五陆毛，也带着老婆闺女，我们各自抱着挺沉的孩子聊了一分钟，各自问了问这老婆是不是你的、这孩子是不是你的之类，得到肯定答案后就分开了，本来想留个电话，结果抱着孩子腾不出手，就算了。老七叫什么我忘了，我猜你也记不住，小屁孩还挺高，除此没印象了。

你还记得陆毛的前女友麦薇吗？190中大校花？俩人天天中午吵架晚上做爱？麦薇后来傍个大款老王，我和老王第一次见面是在麦薇介绍的31种冰激凌里，一见如故，就带着麦薇和老王秘书去白洋淀打野鸭子。开始跟渔民伯伯说好连船带枪一共一千，结果追了一天满身水，连他妈个公社里的小鸭子也没瞅见。黄昏时渔民伯伯说哎哟坏了，野鸭子是候鸟，这季节还在阳澄湖呢，然后就熄了火要求结账。掏钱时老渔民一口咬定说好了一人一千一共四千，我怒了，手持五连发高声叫板，忽然从白洋淀四面八方郁郁葱葱的芦苇荡里驶出无数小船轻轻，飘荡在水中，迎面吹来了杀气腾腾的风。这一手当年伏击过日本鬼子冈田小队长，如今依然管用。我们乖乖交了钱，我还心有不甘地叫嚣保定市委书记是咱姑父!你记得吗？就是每年初四来咱家送两瓶保定酱菜坐二十分钟的那胖子。那会当官的还真挺清廉，就送两瓶酱菜，搁现在咱老爷子肯定不堪其辱摔杯送客!

浪里黑条们当然不是吓大的，对我这种色厉内荏提姑父的城里嫩娃视若无睹，互相聊起了晚上吃啥喝啥麻将打多大的家常。

回北京路上老王批评了我无故提人儿盘道的恶习，并说出如下名言：只要有人欺负你，就说明你不牛逼!

后来老王让我给麦薇50万块钱分手费，然后给我60万帮他投资的一种孕妇保健品拍广告，算是从我这儿走个感情账。

　　1993年的时候老王郑重跟我谈了一种叫互联网的设想并为此赔光了两千多万人民的币，那时别说你不懂，我也不懂，我以为丫疯了。后来老王屡屡超前，一步走早了，步步都早了，钱越来越少，最后把原打算发给我的那个一起去白洋淀打野鸭子的女秘书给娶了，还生了个儿子。去年我回国去看他，他已经很久没出门了，我问他为啥？他说出如下名言：从前都JB是人和人聊，聊好了一起挣钱，后来改人JB和钱聊，现在是JB钱和钱聊，不需要人了，和钱有JB什么好聊的？所以我JB就不出门！

　　麦薇结婚的时候专门辟了一桌给前男友们，我和老王、陆毛都去了，她嫁了个没钱的胖子，要求我们桌出嫁妆，你知道她是个孤儿，于是大家每人认购一大件，老王出了最贵的彩电，我出了最便宜的微波炉，因为真跟我没啥关系，都是你们丫造的孽。

　　说实话，你的哥们儿比我多。我后来虽然交了不少朋友，但再也没跟人组过乐队拜过把子。没和人排练之后一起自慰，自慰之后一起坐在云冈乡下透彻的夜空下数过飞机描述过梦想，没哥儿几个穿着一样的黄蓝痞子衫去人定湖公园比赛戏果儿，对了，戏果儿是新词儿，你那会叫嗅蜜，如今的果儿也完全不能跟那会的蜜相提并论，那会的大蜜多飒呀，侠骨柔肠飞蛾扑火来了就脱啥也不说，弹琴帮你唱和音、打架给你续板砖，爱养男人恨被男人养，爱给傻逼织毛衣恨给傻逼生孩子，爱踢球打架弹琴喝酒的恨买房买车创业上市的，爱邹庆、石猛恨曹雪芹、李时珍，总之爱憎分明。我要是你，我真不长大，就停在那会，熬成那会的牛逼老炮儿。老钱那时候跟你说过丫最大的梦想就是熬成老炮儿，摔杯为号，沧海一声笑。现在丫终于熬成老炮儿了，老炮儿却成了现在这个麻木社会里最多愁善感的弱势群体了。

　　忘了告你一事儿，你那会玩命学英文见字母就念，连火车上看见Chalushi都查半天字典后来才发现是"茶炉室"拼音，看起来真有先见之明，现在你要是不会点英文简直不好意思出门。北京不但地名都叫阿凯迪亚、帕萨迪纳、圣塔芭芭拉，一不留神以为到了加州，连人名都他妈改啦，我就认识十几个迈克尔.王和二十多个辛迪.李，我一姓柳的姐们觉得玛丽艾琳之类太俗，给自己改名叫柳德米拉了，据说冯小刚，你记得吗？编辑部故事的编剧，现在红得跟红药水似的大导演，也给自己改了贵族名字：冯·迪特里希·小刚。我正琢磨咱这名字呢，咱在美国倒没起过什么洋名，老美叫咱什么的都有：年轻人叫我Gao，老头叫我Shiao，女的叫我Song，歌的意思，咱妈真会起名字，中英文兼顾。回国反而不行了，必须得有洋名，我现在暂用名是Shadow Gao，在米国拍Soft Porn时用的笔名，念出来像一种地方土特产。

我发现人不能多年在同一座城市呆着，疑似认识的人太多，可又分不清到底是小学中学还是大学同学，尤其是你丫中学大学同学几乎是同一拨人，于是又想不起来是中学同班还是大学同宿舍，想不起谁欠谁的钱，睡没睡过觉，聊起往事能把仨人的事串一人身上，把相隔十多年的事儿集中到一个季节不明的下午发生。你那会就发现周围熟人千丝万缕导致不敢放开嘴吹牛逼的痛苦，我后来出现了另一个问题，就是好多人死了，每十个死人堆里就有一个你认识的，让人平白觉得寂寞。

所以后来我出国了，没人认识觉得好辽阔啊。在拉斯维加斯结婚时人家规定得有证婚人，我俩一个熟人没有，只得站在街边挥舞20美金的纸币雇证婚人，以致到现在偶尔看见结婚证上和我俩名字尺寸一样大的陌生证婚人名字，都觉得这玩意有法律效力吗？

出国还有个好处，就是找到了你找了好久的乡愁，见着个大陆老中就执手相看，有一回奥运火炬穿越旧金山，嗷忘了告诉你，咱搞了一次奥运会，为此大亮中华之物力，痛结与国之欢心，如当年砌长城、挖运河、盖故宫般举国征发，把咱的故乡北京搞得窗明几净、空气清新、人们像打了鸡血般猛学各国英文，最后有一部分中国人获得了金牌第一、银牌第二、铜牌第三的好成绩。

天气预报太不负责任了，未来五天都是19到25度，把伟大首都当恒温实验室了？

接着说奥运之前为壮国威有一束联想牌火炬穿越了各大洲，遭到怀有可以告人目的的一大撮敌对分子丧心病狂地围追堵。路过旧金山时，我们加州爱国华人华侨包括大量非法移民倾巢出动，与帝国主义及其走狗们拼了。我和几个大春游时代就一贯当逃兵的不积极分子在一边用旁光冷眼观察，还有个刺激你的原因是我现在越长越像藏独分子，怕被春游群众殴打，因此离得较远。正在我们冷嘲热讽之际，数万已经幸运拿到或正在疯狂争取美国身份的老中忽然手挽手雄起起气昂昂对着十余万反动分子齐声高唱："五星红旗迎风飘扬，我们歌声多么嘹亮"，我一边冷笑一边瞬间眼热嘴咸嗓子眼发甜，转头看看其他几个打酱油的，竟然也纷纷边骂傻逼边老泪纵横。我们后来安慰自己说这不是他妈的什么玩意，这他妈纯属乡愁。

对了说起联想牌火炬，自动化系那刘军你记得吧，丫现在是联想的COO，COO你知道是啥意思吗？反正是个头儿就对了，头儿都叫C什么O，2000年我还当过一年搜狐（一家很拧巴的互联网公司）的CAO，他们说是艺术总监，我怎么看怎么像"操"。比C什么O小点的领导叫VP，就是比小屁还小的一种微型的屁。刘军当微屁的时候天天跟我混在一起，名义上是同学哥们，其实就是来搞我身边或者对面的女人。你知道，清华男生是典型的两极分化荤素不均，绝大部分男生的恋爱名额被极少数像你这样的坏人消费，刘军、宋柯都是那极少数，宋柯还曾经蝉联了好几届"活儿佛"，就是妇女同志们评选的活儿最好的男同志。这孙子和刘军一个操行，他们还有个本事，就是骗过那么多好姑娘，那帮姑娘竟然没一个说他们丫坏话的，并且仿佛还挺他妈留恋。我本来想学学，但是你知道，而且我怀疑主要是生理差异，学不来，这帮孙子！

在米国偶尔也碰见操蛋老中装香蕉逼，假装ABC不会说中文，这点上我继承了你痛恨装逼必须雷劈的传统，每遇此等货色必当众令其撸起衣袖露出左上臂，赫然一颗大牛痘表示此货来自大陆无疑，哈哈哈，损人不利己，找乐结仇敌，和咱妈真是一口官窑烧出来的。

纪念一个地方：厦门，你第一次和最后一次不是处男之地。那时厦门湖里山炮台的渔村旁边有一片海，海边有几个孤零零的由四根高高的木桩撑起的小阁楼，我猜是渔民看鱼用的望哨，我和那个夺走了你贞操的女子黄昏时会爬上去坐很久，直到涨潮的海水漫到阁楼后面很远，看起来我们就坐在海的里面，并且如果低头盯着潮水看，会觉得阁楼像一条凌空的船，正向无边的彼岸漂去。那时候有几秒钟，好像那种叫爱情的来过。

你错过了一些新发明，估计你会后悔终生，尤其是你是学无线电的。你们丫那会最小的电脑也比我现在和12个cellmates住的这间屋子大，你知道现在电脑的尺寸吗？Unbe-fucking-lievable，比你的微积分课本还小，你肯定不信，我也没办法，我还没跟你说有一种叫手机的呢，说了你丫不活了。

你幸运的是那之后没出过什么好艺术，不管是文字、音乐还是电影，我现在听的看的还和你那时一样，感谢那一拨同来同往的大师们，不知是因为他们收摊太早导致世界傻逼了，还是因为世界傻逼了他们就收摊回家了，反正现在一个大师也没有，隐于林隐于市隐于朝隐于茅坑里的都没有。听说绘画界好像还挺靠谱，我看见好多张一个秃瓢张着各种歪嘴的油画，开始以为是彩色复印机抽风拧巴了，后来听说那不是同一张画，那是好多张，每张都是一件价值连城的艺术作品，最近看到的一张是秃瓢歪嘴的脖子下面长出了两个乳房。

我要告诉你几件我见过的最冷酷的事。

一是你妹妹，在四年前的圣诞夜抛下你妹夫一个人独自在家，拉着我去她开的酒吧喝德式热葡萄酒，我在那里发现了她的情儿，让我回想起她结婚的时候。在北德一座山顶，她寄给每个人一张地图，大家就这么举着地图长途驱车摸索上去，那天正好还有欧洲老爷车比赛，我站在山上一处岔路口给人指了半小时路，然后大家喝咖啡。你妹妹要求大家散步，于是散步。山脚下一个小村口的树上挂着白丝带，是德国的Roof celebration。你妹指着那所房子说：我老公就是在这所房子里出生的。大家欢呼，你妹夫热泪盈眶，他只是一次开车路过时提过一句，你妹就精心把婚礼设计在这座山上，树犹如此人何以堪呐。结婚前夜我问你妹跟几个男人？她说四个。我说太少了这就结婚亏了。你妹以你无比熟悉的理智口吻说：样本虽然只有四个，但品种齐全，我和老中老外各谈过一次长恋爱，和老中老外各有过一次一夜情，够了，可结。

我问她和老中的那次一夜情是和咱家的某个人吗？她看了我一会，说不是，但你也别去问他。我说你还记得你和刘谦分手那天在亚琛要跳楼，吓得我哥们罗京深更半夜往国内给我打长途让我打给你劝你吗？你妹说：你没打。我说我想了想，觉得打了没准你真跳了。你妹说：知我者你也。我说我后来把刘谦揍了一顿，你亏得没嫁丫的，丫现在就是一没出息的小包工头。你妹说：你哥们罗京也不是好东西，我18岁来德国留学时他从机场接了我直接拉回家就要求上床，我说你不怕我哥揍你？丫说你哥也这操行。

你妹是我见过的最冷酷的女人，真没道理。咱爸妈从小那么偏心疼她不疼你，怎么长大了你反倒弄得跟温室里惯大的情种似的，她反而冷酷无情娘心似铁呢？我现在还记得她和你妹夫骑摩托横穿非洲时在撒哈拉小镇邮局给我发的传真，是你妹写的游记"Above the rainbow"，我记得最后一句她说会永远爱你妹夫。你妹夫说英文有严重德国口音，每次给我打电话第一句都是：Where the fucking are you on this fucking planet?

你要是活到现在，你必须忍痛改掉许多恶习不然绝对活不了，比如吃真药喝真奶，说真话动真情，你必须虚心听傻逼们说话，愉快地与傻逼共事，不管做什么营生，都要欢迎有关部门光顾，干什么都跟卖淫差不多。你必须忍受随着年龄增长眼睛越来越毒，可嘴还得越来越甜。傻逼们分两种，一种当了官，一种没当上官，你都得忍，因为你夹在中间，你就是大傻逼。

你很幸运成长在一个精英辈出的年代，所以那会没人管自己叫精英。我现在生活在一个傻逼遍地的年代，并且有好些大傻逼管自己叫你妈逼的精英。你要是看见肯定绷不住破口大骂，我现在就生活在这帮傻逼中间，所以我只能破口大笑。

对不起，有点粗鲁，主要是人在监狱里没法不粗鲁，这里的攻略是能欺负丫挺的欺负丫挺，欺负不了丫挺的就被丫挺欺负，所以必须粗鲁。其实现在外边也是这操行，只不过外边的人比较虚伪，或者比较怂，因此没里边粗鲁。

文明点。

说了这么多还没跟你说我坐牢的事，主要是无从说起，没啥故事，都是事故。简短说就是我傻逼从米国赶回来参加一傻逼活动然后就傻逼似的喝了一堆酒，叫代驾结果傻逼代驾没来，我时差上来了就傻逼啦嗒开着车走了，路上我傻逼睡着了追了尾，然后被傻逼逮着了接着被傻逼报道了引起无数傻逼愤慨，傻逼们一看傻逼们怒了赶紧从重从快把傻逼判了最高刑半年，并且是7月8月都有31天总共184天最长的半年。讲完了。

不过话说回来，咱俩一辈子没给社会做过啥贡献，胡取禾三百廛兮？这次听说醉驾案件因此下降40%，咱算实实在在做了点贡献。

所以我现在坐在一间住了12个低智商犯罪分子的小屋里唯一的一块大家衣食住行都在上面的大木板上给你写信。我记得你中学宿舍住24个人，大学6个，现在12个，听起来像一道智商测验题。关我们的小铁门有个小洞，送开水的班长每天上午会塞进一根塑料管供水，像伸进个那话儿来操我们一下，我们这儿管保安一律叫班长，是贴在墙上的规定里规定的规定，开水装在一个塑料桶里，这里的一切都是塑料的，连真那话儿都由于持久荒废也快JB变成塑料的了。

这个铁门上的小洞外每晚都会来一只野猫，可见为人进出的门紧锁着，为猫爬出的洞敞开着，我们每天会攒一点吃的留给该猫，不光我们，整个筒道，就是我们3筒的7间牢房都攒一点吃的给丫布施，这猫估计是佛陀变的，来这穷地方托钵化缘，不贪嗔痴，只管吃。这礼拜开始，这猫又带了一条五脊六兽的小狗来，瘦的跟甘地似的。

你猜我听见什么了？不知哪个老警察在哼李宗盛的《我终于失去了你》，走调了，我觉得我应该热泪盈眶，因为我想起你在中戏317宿舍等刘晨时坐在被美术系画板隔开的小角落里听了一晚上这首歌，含着热泪。

你知道吗？我无数次为你设想过在爸爸葬礼上的发言稿，都是因为你，我和爸爸一直处不好。爸爸现在老了，你那时还小，所以都不是你们的错。是我的错，因为我一直不明白你们怎么处成了那样，所以也无从补救，并且不知道需不需要补救。每当想到这些，我都开始相信各种宗教和缘法，我想这东西是科学和艺术都解决不了的，宗教就是这些不孝的儿子孙子们想出来的。

我在里面闲极无聊，为你写了一篇讣告，你好好看看，有什么不满意的自己修改。反正无论你今生做过什么，葬礼上的人数最终是天气决定的。所以看开点。

"他走了/没有消逝，只是迁徙了/如今他们深夜饮酒，杯子碰到一起，都是梦破碎的声音/时间的马累倒了/他知道永逝降临，并不悲伤/松林中安放着他的愿望/下边有海，远看像水池，一点点跟他的是下午的阳光——人时已尽/人世很长/他在中间应当休息。"

这他妈哪是我写的，几乎是顾城写的！告诉你个坏消息或者谈不上坏消息：那之后没过几年，顾城自杀了。情况是他先用斧子砍死了谢烨，然后自挂东南枝，在新西兰一个小岛上，留下一个可能叫小耳朵的孩子。还留下一个疑似小三，叫婴儿什么的，北大的，女的。你那时泡北大女生频频失手，现在明白原因了吧。这帮诗人，谋财害命，欺师灭祖，鱼肉青春，全都不得好死。不过话虽这么说，顾城死那天我还是流了几滴灌肠泪，写了几首歌。其中一首叫《白衣飘飘的年代》，后来被各种文艺青年用来代指你活着的那个年代了。其实那时你从没穿过白衣，即使在外婆的葬礼上。你穿军装戴草帽，拖着一双拖鞋，傻逼极了。就如同现在我穿着囚衣，拖着一双拖鞋，站在一丈高的窗下仰着头，看天慢慢黑去，晚风还新，时光却旧了。

你知道坐牢看什么书最解气吗？《历史上的今天》，每天看一点，看我坐牢的这些个日子在从前都发生了些什么，于是你看到好多牛逼人出生，好多牛逼人死去，如果坐满一年的牢，你会看到历史上所有牛逼的人出生及死去，牛通们，活得有长有短，我有充足的时间把每个人活了多长算出来，以小时为单位。然后发现我现在42岁，已经活得比大多数人长了，并且那些侥幸活过42岁的人们，在42岁之后也没干出什么漂亮的活计，都是苟延残喘，还有不少没死成又落魄了，眼看丫起高楼，眼看丫宴宾客，眼看丫稀里哗啦楼塌了。我的Bunkie，56岁，一个安全局的官，被判了7年，他很恐惧，因为他接受不了出去都他妈的逼的六张多了，他夜里经常盯着两丈高的房顶看，盯得蚊子掉在我嘴唇上。他后来下决心去陪死刑号，因为那是减刑最快的，陪一天减一天，陪一年减一年，这样他可以在59岁零10个月的时候出狱，就算是活着出去了。可他娘的没有一个死刑犯能让你陪上一年的，不知哪天就拉出去毙了。他现在在陪一个19岁的强奸杀人犯，陪丫说话，帮丫擦身子，因为该死的都戴着手铐脚镣，手铐脚镣还链着，除了JB哪儿都擦不着，大夏天的。每天早晨还得给丫换上正经衣服，服侍丫吃早饭，然后等到8点半，没人来提走枪毙，就再换上号服多活一天，等哪天毙了，还得再托人托关系找个死刑犯去陪，现在他们屋6个陪6个，晚上睡觉依旧盯着两丈高的天花板看，因为怕死刑犯情绪爆棚大夜里抠你眼珠子，真有抠的，挺大的眼珠子，一手指头就抠出来了。

我们屋还有个工程师，于是我和他开始研制一些生活用品。对了，告诉你个噩耗：你大学时研制的两样当时外公说没用，拒不帮你申请专利的玩意儿，现在都火啦。一个是磁卡电表，现在家家在用，当时外公说政府绝不会让这东西推广，因为老百姓会很麻烦。现在我就很麻烦，经常没电了摸着灯黑出门，半夜去很远的地方购买这种塑料袋装不了的东西。外公不了解政府，政府自己也不太了解。再有就是煤气空调，现在有个叫远大的公司做得火死了，当年你要是申请了专利，他们那架全国头一份的直升机就是你的啦！不过那架直升机有一天坠落在湘江里，砸到一条渔船上，鱼和鸟都死了，幸好死的不是你。

写到这段时，我还有两天就出狱了，我在收拾东西，当然是收拾了送给大家，我看着我们自己做的水漏钟表，小酱油壶，藏在最隐蔽处的笔，还有用方便面口袋叠巴叠巴弄成的钱包，看着还有好多年才能出来的他们，不骗你，我向他们许了几个愿，但没人相信，所以没人接话，然后我自己也不信了，我不信我会每月来看他们直到12年之后，因为你当年曾经许下的心愿，我一个也没做到，对不起。

现在我站在监狱门口，还有三分钟就自由了。你知道我现在最想念什么？我最想念保罗西蒙，想念《伤心桥》和《斯卡保罗集市》。我后来把你喜欢的那些歌里唱的地名都去看了一遍，不光苏莲托，还有维也纳森林、马塞诸塞、密西西比、亚拉巴马，就是没找到这个斯卡保罗集市，每到周末，大街边的空地会出现许多白色帐篷搭起的临时集市，每当我看到 "Fair" 的招牌，就心中一颤，想起这首《Scarborough Fair》，想起 "She once was a true love of mine"

你说说，要到什么时辰，一个人才能真正穿过所有的乱七八糟，看到那个True love of mine？会是第一个还是最后一个？是最长的那个还是最短的那个？是常常想起的那个还是常常忘记的那个？是为她笑得最欢畅的那个还是为她哭得最傻逼的那个？是用她生日当信用卡密码的那个还是缠绵直到黎明来临的那个？是之后常常一起喝咖啡变成红粉知己的那个还是在校门外路灯下终成永诀的那个？到底是他妈哪个呀？有还是压根没有呀？要是没有就早说，省了多少咬着被角哭湿枕头的半睡不醒。可是如果真的没有，那帮孙子又怎么写出的那些松花般操蛋的歌，拍出那些麻花般拧巴的电影，像擀面杖般揉搓你那长得像血拳头其实柔软得像血馒头的心呢？？？

还有好多好多别的心呢？大家都说付出了真心，收到一堆下水，那些真心都去哪了？能量守恒物质不灭吗不是说，都他妈去哪了？

历史并不真的流传于世，因为总有人怀着绝望毁灭了最后的人证物证。

你回来吧，我不喜欢没有你的北京。

我
2011年10月的高晓松

私访谈

私家下午茶：
王珞丹私密访谈

by / 孙琳菲

初春的北京依然寒气逼人，访谈在东三环的一家咖啡店开始，我们正好坐在紧挨落地窗的位置，午后的阳光倾泻而下，能够清楚地看到鳞次栉比的大厦和三环路上的车来车往。

说是访谈，到了我才知道，这其实是《私》小说主编九夜茴与当红小花旦王珞丹的对谈，紧张得煞有介事拿着录音笔的只有我一个人，而那两位，一个是根本不戴大墨镜遮脸、大钻戒晃眼的丹丹，一个是居然迟到的迷迷糊糊的小九。

在她们聊了各种类似蜂蜜厚多士和烧仙草多么美味这样的话之后，我不得不满脸黑线地打断她们，终于开始了这段闺蜜间的私房话。

采访人：九夜茴
受访嘉宾：王珞丹
地点： 北京澎湖咖啡

▶ **九夜茴**（以下简称九）：既然是我们
《私》小说的访谈，那就先从书说起吧，
咱俩认识还是从《匆匆那年》开始的吧，
我记得你说你当时看了很喜欢很喜欢，为
什么会那么有感触？

▶ **王珞丹**（以下简称王）：嗯，对，我跟
《匆匆那年》一直挺有渊源的，最早是一个
朋友推荐我看的，看过之后我特别喜欢，
一直很关注它改编的情况。（突然猛地拉住小
九的手）现在你这个书是什么情况？版权在
哪儿？让我拍吧，哈哈！我之前没跟你细聊
过，你知道我也有个米粒那样的小项链，是
上大学的时候，在西单那边买的，我到现在
还留着，它是红色的，像血一样的，我很喜
欢，所以看了《匆匆那年》里面提到那个项
链的时候，我特别有感觉。

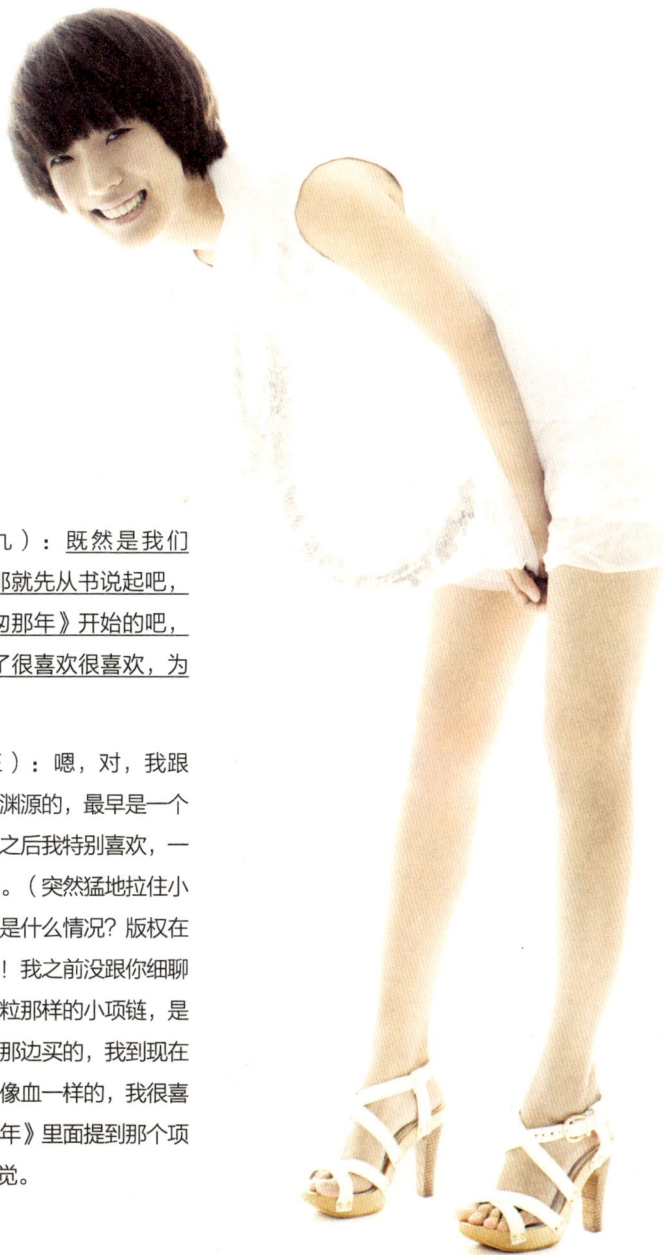

▶ **九**：那你最喜欢哪个角色？方茴么？

▶ **王**：应该是吧，你知道很多女孩年轻的时候遇到一些事情是会有很多极端的想法，但理智会告诉自己这些都不能做，我也曾经有过类似的报复的想法，我知道它们都不能做，但方茴做了。我看了之后特别理解她，不爱成那样还能叫爱么？但现在长大了之后就会发现，这样做太伤害自己，太不值当了，这比自杀还可怕。

▶ **九**：很多人喜欢你塑造的米莱，（但你最近好像戏路有变化了，比如静秋和米莱差别非常大，是不是自己也在尝试改变？

▶ **王**：如果大家都能够想到我会演什么的话，那这个角色就不是我想演的。我其实特别喜欢我演的《深牢大狱》里面的单娟，我一直觉得那是我演得最好的一部戏。

▶ **九**：我想，其实演员常常是迷失在戏里的，可能对于我们来说，你的人生只是角色的人生，但对你自己来说，你的演艺人生是什么样子的呢？

▶ **王**：其实我觉得活在角色的保护色或者说是阴影之下挺好的，所以我尽量让自己减少一些媒体的曝光率，当你不知道我是谁的时候，出来一个角色，大家会觉得这个角色是有得可看的，当我没出现在镁光灯下的时候，大家就会觉得王珞丹就是一个伶牙俐齿的姑娘，我希望大家淡忘王珞丹是谁，而是记住了我塑造的角色，当大家记住王珞丹的时候，她已经是一个明星了，我还是希望我自己是一个演员。

▶ **九**：咱们上次见面还是你演《琥珀》的时候，还真是好久没见了，舞台上的你和电视中的你不太一样，演话剧和拍戏有什么区别？

▶ **王**：话剧没有"不起导演再来一遍"，在那个舞台有它独特的魅力，你的一颦一笑、一举一动，观众很快会给你回馈，我开始也很担心错词，孟京辉导演说根本不用担心，你要做的是你后面的表演让观众忘了你错词。

▶ **九**：塑造过这么多不同角色之后，你觉得每个角色对你的人生观价值观有影响么？

▶ **王**：会有，我原来不是一个勇敢的人，出了事情我会先把自己藏起来，等事情过去我才会出来，但演了米莱之后我发现，任何事情，没有什么是过不去的，你勇敢的面对了也许它就会迎刃而解了，躲起来也是过去，冲上来也是过去，也许冲上来事情改变了呢。所以我特别愿意演一些阳光的，积极向上的角色，每个人都有阴暗的一面，我会选择一些好的角色，让自己减少一些阴暗，"走向正途"，哈哈。

▶ **九**：这么说我倒是想起你特别可爱的一个事儿，春晚的时候，你唱的那首歌，我当时正给你发拜年短信，之后你给我回新年快乐，然后后边是呜呜呜，真对不起，唱歌吓到你们了。我当时觉得，网上说什么娃娃音啊，各种评论你唱歌的语言都骤然消失掉，我觉得你状态特别好，用一种幽默的方式对待自己的失误。

▶ **王**：对，我是这样的人，原来也有过一次因为我的原因导致砸了人家的场子，我当时也跟人家说没关系啦，我就是这样的人，平时嘻嘻哈哈惯了，有什么事情都挺看得开的，大家都很在意的事情，我好像没有那么在意。之前看过宋丹丹老师的微博，她说一个人如果在一帆风顺的路上能摔一个能爬起来的跟头，这其实是对这个人的成功其实是很有帮助的，我觉得摔跟头是让我成长。

▶ **九**：你演了米莱之后，观众都觉得你塑造的北京女孩特别到位，我觉得你比我更像北京大妞，但其实你不是北京人啊。

▶ **王**：对，我老家在赤峰，空气特别好，好多人都以为我是北京人。

▶ **九**：春晚看你们一家站在一起，就感觉特别温馨，吉祥的一家啊。（笑）说说你的成长还有你的家庭吧。

▶ **王**：我很感谢我爸妈对我成长的帮助，他们给我创造了一个很好的生活环境，都说儿子要穷养，女儿要富养，我爸妈让我对

于钱没有那么大的欲望。我从一开始拍戏就没有想养活身边的人之类的想法，我也有没钱的时候，他们会给我，到现在我有一些钱了，也都会给我爸我妈管，自己手头就留一点零钱。我平时很忙，昨天晚上12点还在收拾东西，我妈就一直等着我，跟在我后面和我聊天，她只有那会能和我聊一会。我和我姐的关系也很好，现在我俩还睡一个房间，我也还会跟她撒娇。半夜说，姐给我倒水，她就去了，说姐给我拿水果，她又去了，说姐我要吃串儿，她回头说："滚！"哈哈！

▶ **九**：哈哈！聊个带劲的，你的初恋呢？是在老家的时候发生的吧？

▶ **王**：我初恋，额……都被我爸扼杀了。我爸妈管我很严，我几乎没有和同学去郊游啊什么的，初中有个追我的男生被我爸知道了，吓唬他来着，哈哈，那男生再也不敢和我说话了。我以前特别不理解他们为什么把我看得很严，现在我就会想我有女儿也会看得很严。会保护她，让她在懂事的年龄谈恋爱，不让她在不懂事的年龄受伤害。因为那种记忆并不是美好的。

▶ **九**：考大学的时候就想一定要上电影学院么？

▶ **王**：当时就想考一个北京的学校，是想来试试吧，我考试的时候二试就很危险，差点被刷下来，是我后来的班主任，特别坚持，觉得我是一张白纸，可以从头开始，顶着很大压力把我留下来。

▶ **九**：一毕业就能有《奋斗》这样的好剧本应该还算挺幸运的吧？

▶ **王**：嗯是，我和赵宝刚导演也挺有意思的，最早我上学的时候因为一部戏当时定了我演，后来因为我的档期排不开没法演了，我还跟他吵过，当时我年轻不懂事，上来就劈头盖脸一顿骂，说你这么大的人怎么这么没信用啊！赵宝刚导演说欠我一个戏，会还我，我说我不稀罕就把电话挂了。后来演《我的青春谁做主》的时候赵导提起这件事，我都忘了，真是一点儿都不记得的了，当时那个汗啊，他还开玩笑说："看，我说话算数，还你一个米莱还搭一个钱小样。"我真是很感谢他。

► **九**：你真行……得亏赵导真是很好啊，遇到他很幸运。

► **王**：是啊，我觉得我挺幸运的，碰到的人都很好，我第一次合作是和佟大为，他很帮我，包括我第一部戏的化妆师，昨天还在合作。

► **九**：你们大学同学现在联系还多么？

► **王**：我们同学之间关系现在都很好，一直很单纯，我们一年还会聚会很多次，人不齐就小范围聚，谁在谁张罗。现在也会开玩笑互相挤对，还像上学的时候一样。

► **九**：最近快要上映的电视剧版《山楂树之恋》，演过之后感觉怎么样？

► **王**：山楂树拍完我都哭残了，以后真的不敢演这样的角色了，我很长时间都给人感觉很不高兴，我的状态一直停留在静秋里面，一直很忧郁。

► **九**：最近有什么打算？有没有想开始一段恋爱？

► **王**：最近在想30岁之前结婚，把这个事情给办了，但又想还有两年有点来不及，哈哈。

► **九**：最近在读什么书么？

► **王**：最近小说没有读，朋友送了我一套南怀瑾的书，我一直随身带着，没事的时候看一会。

► **九**：有什么"私物"推荐给大家？

► **王**：特别强调一下这个眼罩，高圆圆推荐给我的，坐飞机的时候用，热乎乎的，会有蒸汽，然后就睡了。还有我平时戴的太阳镜和我的手机壳。

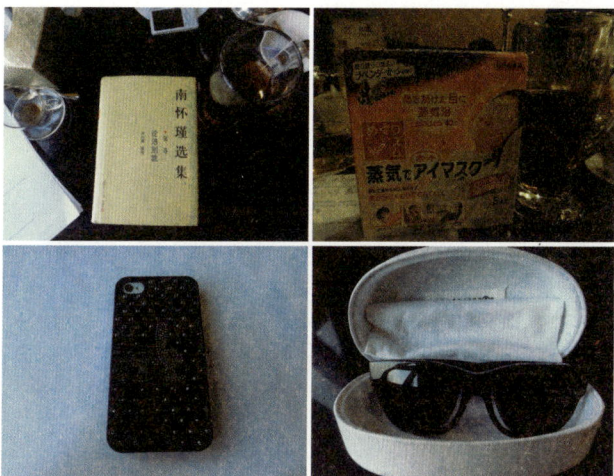

① 喜欢什么样的男孩子？
每天都不一样。

② 最喜欢吃的菜是什么？
每天都不一样。

③ 男孩子为你最浪漫的事是什么？
没有⋯⋯

④ 收到的最特别的礼物是什么？
特别的礼物⋯ ⋯我没敢要。

⑤ 最喜欢的花是什么？
长在土里的都喜欢，摆在店里的都
不喜欢。

⑥ 如果可以回到十年前，你会给那时
的自己怎样一句忠告？
几年后，你会遇到一个叫赵宝刚的
人，他会拍一部叫做《奋斗》的
戏，你一定要演米莱。

⑦ 现在手机里保存的最早的一条短信
内容是什么？
应该是我爸测试短信是否好用发给
我的一条。

⑧ 手机背景图片最常用哪款？
机器自备。

⑨ 看过最好的电影是哪部，请写下一句
话影评。
《苏州河》，有气质的电影。

⑩ 看过的最烂的一部电影是哪部，请写
下一句话影评。
不能说。

⑪ 相信一辈子的诺言么？为什么？
不信，一辈子那么短，又那么长⋯⋯

⑫ 说个你的小绰号吧。
"美女"啊！

私诉

他的三个金牛座男朋友

By   孙琳菲

↓

采访：孙琳菲
口述：刘皓楠
地点：北京东直门爵士岛咖啡

他是90后的帅气巨蟹男生，三个金牛座男朋友让他备受伤害，他说找不到不如空闲一段，让爱情沉淀。

我本来特别不相信星座，我是巨蟹座，我有过的三个对象都是金牛座，后来觉得星座挺神奇的。

我还是从高中开始说吧。我高中是转学出去上的，去了我们新疆比较好的一所高级中学，在那认识了我第一个对象。他比我大一届，我们都在学生会，他属于在学校风头很劲的人，长的很帅，喜欢的人也很多。我在学校也挺出名的，最初是在学生会帮他做事情，后来在他的帮助下独立做事情，也当上了学生会主席，我那时候住宿舍，他是本地人，不住宿舍。我们俩关系特别好，那时候还不知道gay呀这些，就是比较单纯的关系很好，像哥们那样。记得我们学校有个小商店，那里卖东西的阿姨就说，你们关系真好啊，形影不离。他妈妈也对我很好，因为我是外地的嘛，他妈妈经常叫我去他家，给我做好吃的，我的脏衣服也给我洗。到后面年龄慢慢大一点，开始理解了gay是什么东西，觉察到自己喜欢男孩子，有了这种意识。我其实最不喜欢的恋爱模式就是你追我或者我追你的那种，我喜欢你对我好我也对你好，然后慢慢发展的那种，没有必要说得那么明白我喜欢你或者你喜欢我，就像朋友一样在一起，或者是比朋友更近一点儿的那种关系，不知不觉就在一起了。我们俩可能是属于价值观不同吧，像他是比较冷的人，喜欢和很熟的人一起玩，我就不是，我很愿意和人交流，他就会觉得我这样太愿意和别人交谈不是很好，还是应该只和跟自己关系比较好的人玩。后面我们俩就会经常有一些小别扭，发点儿小脾气，比如他帮我辅导英语的时候他一味地纠正我的发音，我就很不耐烦。最大的一次风波是双方父母发现了我们交往的短信，发现我们的事情，那时候他已经是高三生马上要高考了，我也已经上了高二。我爸爸找我谈这个事情，其实我爸爸还是很开明的人，谈到我喜欢男孩子这个事情，我爸爸说他不会赞成也不会反对，这可能是一个年龄上的问题，我现在正处在青春期这种阶段，也许过了这个年龄就会好，所以他也没有说什么。因为我父母是离异，我爸爸觉得他在各方面都亏欠我，所以对我很多事情都挺宽容的，尤其是上高中以后，他希望以一个充分理解我的身份来相处，所以他不会过多干涉我的生活，但我知道这个事情对我父亲一定打击很大。但是他的妈妈就反应比较大，把事情闹得挺开的，让我父亲也比较难堪。我父亲就说让我和他断绝这种关系，我也觉得应该这样做，毕竟他已经高三了，不管怎么样得让他静下心来考试，不能耽误他。我父亲就说让我转学，回到家附近上学、高考。在转学之前，有一天我回学校，手里拎着很多东西，他喝多了，应该是有意在学校门口等我，在一个雕塑旁边，他一把就拽住我，我一回头看到是他，他说你不走我不能安心，我说我走啊，我就要转学了，他一下就反应很激烈，把我手里拿的东西都摔地上了，很多都摔坏了，又把我弄的很疼，我当时就挺生气的，就走了。晚上他又让朋友给我打电话，说他不是有意的，因为喝多了。我知道他应该是在乎我的，但他这种过激的方式让我非常不能接受，我很反感，于是决定远离他。在父母发现我们的事情之后其实还有一个小插曲，那时候是冬天，我们一起在河边，河面已经结冰了，只有一点点流动的水，不知道说什么事情我们就吵起来了，我们经常这种莫名其妙的吵架。我忘了当时是因为什么，他说那我跳下去给你看，我说不用你跳，我自己跳，于是我真的跳下去了，住了一个月的医院。我转学以后我们就没什么联系了，去年我在人人网上发现他过来看我的主页，他第一年没考好，复读了一年考到北京上大学，但我们也没有联系。很多东西觉得就回不来了，那种感觉没有了。我们其实很单纯，什么也没有，其实还是保持在朋友状态比较好。

第二个其实应该算是个小插曲吧，算不上朋友。我们是通过博客认识的，认识有三四年了，互相知道对方的一些事情，他是一个化妆师，也是金牛座。他说觉得我们两个人挺投缘的，我说那就相处试试，但是他人非常奇怪。我高考完来北京住了一个月，这一个月我只见了他两面，他每天都是特别忙，都说没有时间。有一天晚上他说要来我这里，当时都两三点了，我又起来见他。他说忙了一天都没有吃饭，想吃肯德基，我说那好吧，我去给你买。旁边又没有24小时的肯德基店，我就打车出去帮他买吃的。回来之后他又有点发烧，我又让旁边的门诊部上来帮他打点滴，打完之后他就走了。然后就每天莫名其妙的，大半夜的跑到我这吃点东西就走，完全不拿我当对象来处。他那时候工作上有一些困难，我正好认识一些化妆方面的朋友，介绍给他，他非常生气，说我给他捣乱，我分明是在帮他，他现在的工作都是我朋友给他找的。他还很喜欢和我暧昧，我非常不喜欢那样，要么谈要么不谈，别暧昧不清的。他可能知道我这种态度了，就和我联系少了，就偶尔发发短信。最搞笑的是他前几天新浪微博想加V，就来找我问我能不能帮他加，那几天天天来找我聊天，我帮他找朋友加了之后他就又不理我了。让我觉得你想到我的时候就来找我，用不到我的时候就没有消息，这样有点过分。

真正的第二个是我大学时候认识的，这个人到现在我也不能忘掉，他对我是真好，后来到新西兰留学去了。我和他都是学新闻的，但是方向不同，不在一个系。那时我在学校做一些事情，很累，他很愿意帮我。我和他之间也没有很明确地说喜欢啊什么的，就是我跟你讲的我的理论。我们是去年10月份认识的，互相都对对方很好，真正在一起是11月份，其实当时他就已经确定要出国了。他说他高中的时候谈过一个很深的人，后来觉得一辈子也遇不到了，没想到遇到我，我对他的人生改变很大。但他当时要出国，就很犹豫要不要和我在一起，后来他说既然喜欢就在一起，不要在意出国的事情，当时我特别感动。到12月，他来北京学一个月雅思，住在双井那边，我就陪他住了一个月，那一个月我们两个就像过日子一样，每天我就在家做做饭啊，收拾一下房子啊，呵呵，我好贤惠是不是？他晚上回来我们就出去玩啊，或者一起逛街啊，周末去酒吧啊，每天都很充实，就这样处了一个月。他一月份就准备出国了，我们就好好聊了一下他出国以后的事情，我们达成了共识，就是还要在一起。但是出国之后真的是联系少了，他要出国十年，现在是刚刚开始，距离真的是问题，沟通都没有办法。他出国是我特难受的事情，但真的没有办法，哭不出来，但心里特别难受。离你最近的一个人，已经是你生活的一部分了，他却不在身边，心里特别空。刚开始他那边还没有开学还可以QQ啊，skype啊，但他开学之后联系就少了。4月份我去了一趟成都，那段时间我状态特别差，各方面压力很大，做了很多活动，都没有非常好，有的事情有些亏损，就去成都玩了一趟休息一下。回来之后我就问他这么久你都不联系我，我给你QQ留言也不回，发短信也不回，我就有点不开心，冲他发脾气。也许我的话有点过激了，他就说真的不习惯这样子，对着电脑，完全不知道我是真生气还是假生气，看不到我的样子，如果等他出国留学回来我们还有感情那就在一起，如果没有感情就算了吧，现在彼此过自己的生活。当时我挺生气的，也很失望，我是真的特别喜欢他。当时还有一个朋友在中间煽风点火，这也是我后来才知道的，我试图挽回和他的关系，让这个朋友帮我去说，但这个朋友根本没有去说，反而把话传过去说得很难听，我觉得他是刻意起反作用的。后来我也没有追究这个人，我觉得这就是天意吧，人如果有缘能在一起就在一起，没有的话强求也没有用，可能我们中间确实缺少一种信任吧，也许这种信任还没有达到。7月份我过生日的时候，那段时间工作特别忙，每天三四点睡觉，早上七八点就起床，我过生日的时候我一些我认为很要好的一些朋友，包括那些所谓的对象都没有给我打电话，但他给我打了个电话，当时我在公交车上，我真的掉眼泪了，其实他的生日我都忘了是哪一天了，只记得月份，但他记得我的生日。我生日之后我们陆陆续续有些联系，最近的一次我问他有没有找对象，他说有找啊，我就觉得心里挺难受的，我说你都找到幸福了我还没找到，你没有等我，这话说起来虽然很矫情，但心里很难过，很有那种羡慕、嫉妒、恨的感觉，这个人本来是属于我的，结果被别人抢走了。他说他还是那句话，如果回国的时候还有感情，他愿意和我在一起。因为他要在国外十年，他不愿意让我把最好的这十年浪费。我当时听了还是挺感动的，他人真的挺好的，应该是不想耽误我。跟他在一起我的改变也很多，很多事情他都给我很大的启迪，告诉我很多，我很容易生气，他让我克制自己啊什么的。

这就是第二个了，第三个人是最近的事情，7月份才认识，工作上认识的，也是我朋友介绍的，说我们俩不如在一起试试。他比我大很多，33岁了，我接触了几次觉得人还是挺不错的，可能是表现的挺好，就接触了一下，加上我朋友的撮合，就在一起了。他是挺文艺的一个人，早上经常收到他发过来的短信，什么打开窗户微风吹过来，看见的就是你啊，挺矫情的。但是他挺小孩的，他谈过四五个对象，他总说自己想要一个家，但我的朋友说他想要的根本不是这个，不知道自己想要什么。后来我搬到他们家住了，他有一天去广州出差，我就觉得很不踏实，其实人有时候真是有感觉的，他回来那天我就去他家了，还去基本生活买了一块绿色的桌垫，打算吃饭的时候用，还给他买了一件衬衫。那天我笔记本坏了，我用他的笔记本上网，上微博的时候他的没有退，我以为是我的，就看了私信，上面就写着亲爱的什么的，仔细一看就是他在广州出差3天认识的一个男的，还有他回给那个男人的是我洗澡的时候发的，说他在洗澡我不方便跟你说话，我想死你了什么的。我当时看了这些气得浑身发抖，当时已经12点多了，我就质问他那个人怎么回事。他倒也没有回避，就说在广州认识的，认识了2天。我就问他你对他是一种生理需要还是爱，他竟然说是爱，我一下就火了，没想到两天就有爱了，我就把我东西都拿了从他们家走了。当时半夜，北京还下大雨，我还是舍不得他，给他发短信，但他态度却很坚决，明显是不想和我在一起了。他说他是在凭感觉谈的，那今天有感觉了明天没感觉了，不说在一起一辈子，一两个月肯定就不行了。我虽然还是有点舍不得，但我知道这不是我能挽回的人，我不能和他在一起了。

　　巨蟹座是家庭观念非常强的人，我很想找责任感重的人，但却一直没有找到，三个金牛座我都处不来。现在短时间之内也不想找了，找不到不如空闲一段，让爱情沉淀。

采访手记：他们也是平常人

　　看到刘皓楠的资料之后，就一直挺期待这次见面的。关注过李银河的各种调查和研究，也关注过最近孙氏夫妇炒得火热的言论，但接触真人还是头一回。我对同性恋没有歧视，但我确实有些好奇，想知道他们的世界中关于爱情的定义。

　　想着"90后"、"同性恋"、"巨蟹男"这些关键词，我脑海中的刘皓楠应该是一个腼腆的像女孩子一样的小男生，当他出现在我面前的时候却和想象的大相径庭。瘦高、帅气，干净的白衬衫随意的挽起袖口，自然的和我打着招呼，像是熟识多年的朋友，非常健谈。整个访谈很顺利，他很大方，从不刻意避讳"同性恋"这个稍有敏感的词语，反倒是我的小心翼翼稍显多余。

　　最近关于同性恋的各种讨论很多，他们一直生活在热点的风口浪尖，有同情也有鄙夷。他们的爱情不受保护，他们即使相爱也无法走进婚姻的殿堂。他们也不希望自己是这样，当他们对一个人有感觉的时候却发现对方竟然是和自己一样的同性，这只是命运和他们开了个玩笑，这只是他们选择的生活方式不同，也许我们本不应该这样大惊小怪，用看待平常人的目光接纳他们才是对他们感情最完美的尊重。

大年初二，北京的年景依然寒

冷，我坐在飞往厦门的航班上，蒙眬

睡着，忽地梦见2005年的冬日。

那时我刚写完《弟弟再爱我一

次》，这个故事是《花开半夏》的

雏形，稚嫩得真切。我怀揣着小小梦

想，想有一天把如风与如画的爱情

变成影像，让更多的人记住并纪念他

们的爱情。于是我在最喜爱的导演

李少红与她的搭档、金牌制片人李小

婉的博客里留下这样的话："你好，

我叫九夜茴，是一位年轻作者，我写

了一部小说，名字是《弟弟再爱我一

次》，我想邀请少红导演读一读这部

由真实案件改编的作品，也许会感动，

会愿意把它拍摄成片。"

当然了，这微不足道的声音很快淹

没在数以万计的评论里，随后沉寂了许

多年。

直到2009年，《花开半夏》正式

成书出版的2周后，我突然在深夜收到

了一条短信："你好，我是李小婉，冒

昧的发短信给你，读了你的小说《花开

半夏》，非常喜欢，希望能和你见面聊

聊。"

时间就这样开了朵机缘的花，我于

是欣然迎接属于《花开半夏》的命运。

人生的际遇就是这么奇特，绕了一大

圈，我终于来到了自己梦想的起点。

飞机抵达厦门，天气预报说明日

晴，我微笑着，等待花开。

私家探班
共同等待
《花开半夏》

1、《花开半夏》摄制组专用车！花粉看到这个就激动鸟~>.<

2、两位大卡：曾念平导演和李少红导演共同执导！

少红导演：唉，小九，你看你这小说写的，这句……这怎么拍呢？

3、小九拎了两碗厦门特产花生汤探班！

4、这盏美丽的灯，如同如画在静静地等。

5、夏家小院外景

6、夏家门牌202号哦！

7、恋围脖的如画

花开

01

02

03

04

05

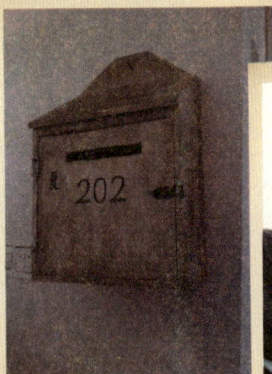

06

07

半夏

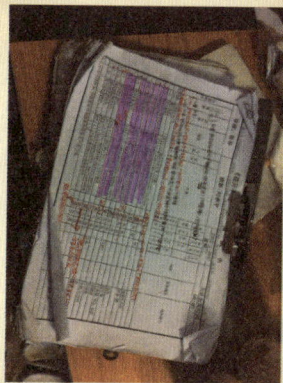
08

09

10

11

12

13

《私》家访问篇

下面是候场时间，让我们来探访一下几位主演吧！

Let's go!

私底下的杨洋是位阳光大男孩，帅气得令主编都不好意思凝视……

▶ **杨洋——陆元的扮演者**

▶ **【私】**：如果在现实生活中，你的爱情真的碰撞了如风和如画的爱情，你会怎样？

【杨洋】：遇见像他们这样的爱，真的是只有祝福了，我相信命运是不可逆的。

▶ **【私】**：如果你喜欢上一个并不喜欢你的女孩，你会怎么办？

【杨洋】：不可能！所有人都会喜欢我的！（可爱）

▶ **【私】**：（笑）这么有把握？你在学校时很受欢迎吧？

【杨洋】：（挠头）还可以吧，回头率比较高。（笑）

▶ **【私】**：那就跟我们说一说你在学校里"受欢迎"的事儿吧。

【杨洋】：当年我们班有"三大帅哥"，嘿嘿……我就是"三大帅哥"之首。我们学校男女生虽然分属不同的阵营，但只要我们三个一起行动，所到之处总能引起女生围观…买饭的时候，旁边一队女生都会转头看向我们哦 …我们三个哥们儿关系也特别好，跟F4一样。

▶ **【私】**：你们兄弟三人关系这么好，那些年有没有一起追过的女孩？

【杨洋】：好像还真有那么一个。她开始是我们兄弟C的好友，兄弟B很喜欢她一直追求她。我见我这两个兄弟都喜欢她，觉得自己应该跟大部队保持一致也开始追求她。有一年情人节，我送了她一块巧克力……后来，她成了兄弟C的女友。现在想想，肯定是因为当年只送了一块巧克力，他们俩可都是送了一盒的。

走进李沁发现她手中《花开半夏》的剧本的第一页赫然写着:

"Maybe fate is cruel, but I met you."

▶ 李沁——夏如画的扮演者

▶ 【私】：如果你是如画，面对家世好、人又阳光帅气的陆元，和身份不详又行走在黑白之间的如风，你会选择谁?

【李沁】：当我面对如风的时候，我就不会有其它的选择。

▶ 【私】：你第一次看《花开半夏》是什么时候?

【李沁】：那还是在我拍摄《红楼梦》的时候。当时剧组的老师鼓励我们多看书，并把喜欢的故事叙述给大家听。我就是在这时第一次读到了《花开半夏》，第一次读就哭了。它写得太好了，读完就找了少红导演，把这个故事讲给她听。

▶ 【私】：书中的哪个情节让你特别感动?

【李沁】：很多细节，比如如风明明很爱吃甜食，却为了能把所有的甜食都留给也爱吃甜食的如画，哄骗大家说他不爱吃甜的。读到这个地方眼泪就止不住了。

▶ 【私】：在拍摄《花开半夏》的过程中，有哪些经历特别难忘?

【李沁】：有一场戏，我被吊在特别高的船架子上，没有安全网……下面直接是海水。剧本里写我要声嘶力竭地喊，然后直接坠入海里。开拍的时候我真的是发自内心的恐惧，吓得大喊。

▶ 【私】：当你第一次读到电视剧结局的时候，你的反应是怎样的?

【李沁】：当时正在拍定妆照，我还不知道电视剧版的结局究竟怎样，制片人姐姐杨雨辰小声在我耳边告诉了我，我的眼泪一瞬间就出来了，完全抑制不住，摄影师抓拍了好几张照片，大家都很满意，说镜头中的我们就是如风和如画……（电视剧版的结局到底是怎样的呢? 我们还是拭目以待吧。）

候场的时候，林申的常态就是——狂躁&狂睡。

林申与九夜茴的渊源来自最早李小婉发给她的那条短信，在那条短信的30几个小时之前，林申读完了《花开半夏》这本小说，他立誓要在48小时之内找到作者，因为太爱这个故事，太想知道是什么人写出了这样荡气回肠的爱情。

两人第一次见面是在李小婉家，迟到的林申主动向九夜茴伸出了手，他周身散发的冷酷气息仿佛与生俱来就在黑白之间，九夜茴说，那一刻，真的觉得如风来到了眼前。

▶ **林申——魏如风的扮演者**

▶ 【私】：如果你是如风，你会如何面对如画？

【林申】：这还用问，我本来就是如风，我走得也许会比如风还要远。

▶ 【私】：听现场的工作人员说，你已经完全变身为了如风，看来果然是真的，这感觉怎么样？

【林申】：太纠结，太难过，太……让人狂躁了。我以后大概都不会再接这样的戏了，一次，一生一次就够了。

▶ 【私】：听着就虐呀……同情你……那么在《花开半夏》的拍摄中，给你印象最深的一场戏是怎样的？

【林申】：那是我和李沁（如画）在水中的一场戏，在濒死边缘感受生命之光越来越微弱，一种幻美难以言说。

▶ 【私】：如风和如画一期一会，是彼此初恋，也是彼此末恋，说说你的初恋故事吧！

【林申】：那时候的我十几岁，正处于叛逆青春期。有一天，我跟父母吵完架一个人在电影院看《狮子王》，看着辛巴我就想到了自己，忍不住开始哭。哭着哭着发现坐在我旁边的一个女孩也在哭，我们俩互相望了对方一眼，就这样认识了。那时候说是恋爱，不如说是结盟。她的家庭跟我家差不多，也是单亲离异，家庭条件很好。我们交往没多久，就被双方的家长知道了，她妈妈要把她送去美国，她誓死不从；我为了她跟家里抗争，一定要去美国陪她。家里被闹得没办法，我妈和她妈约好在北京饭店门口见面，一起商量一下我们俩的事儿。结果，我们的妈一碰面发现对方竟然是老同学……她们俩迅速结成了联盟，彻底把我和我女友的小联盟击垮，我的初恋就这样结束了。

▶ 【私】：难道每个搞文艺向、拍唯美初恋的人都有段喜剧效果的初恋？某主编也是哦，她……

【某主编】：闭嘴！！！

私记忆

一到三十就回忆

/////////////////////////////////
/////////////////////////////////
///////////////////////// By 孙睿

题记：我们都是从昨天过来的。

人这一生，如果看做一部戏，起承转合，按八十岁演算完，三十岁差不多就到了这部戏的"承"了，该"转"了，个体差异越来越明显。但逆推三十年，也就是在"起"上，大家的"起"法，基本都一样。

那时候贫富悬殊不大，大家都没钱，但都生活得挺美，以至于那段生活成为很多已经开始回忆人生的80后在遥想往事时渗出甜蜜的主要素材。

小时候我对资本主义国家的印象是：林立的高楼大厦下面，一群人站在路口焦急地等着红灯，有的背着包、有的拎着包、有的夹着包，绿灯一变，行色匆匆走过斑马线，背景是流水般的车辆和写字楼大屏幕上播放的广告，一派繁忙。这是我在电视里看到的情景。

现在北京也成这样了。

我小时候的北京可不这样。

变了的何止北京，还有我们的生活和我们自己。

小时候喝的铁皮桶的麦乳精、玻璃瓶的橙子汁现在都看不见了，大大泡泡糖和小浣熊干脆面还有，但已经不是当年的包装了，现在超市货架上琳琅满目的包装精美的食品，是小时候根本想不到的。如果把二十五年前的我放在家乐福、沃尔玛或京客隆，我一定以为自己出现在科幻片里了。现在的孩子真幸福，但我们的童年也没多少不幸，回忆起来，仍是一肚子的温馨。

小时候我的理想是当郭靖，那么傻都有姑娘喜欢，还会武功，可以为民除害。现在我的理想是过自己该过的日子，可以不会武功，可以没姑娘喜欢，也不要被民除害。

我们改变了生活，生活也改变了我们。生活和我们，用政治书里常出现的一个词说就是：相辅相成。

我们能改变很多事情，唯独不能让年华不老去，80后已由当年的小屁孩，一不留神变成了剩男剩女，不经意间，我们长大了、老了……

小时候流行一句话，"我们是生长在蜜罐里的一代"，我们还没吃透这句话的意思，也没怎么觉得尝到生活的甜头，就开始把这句听来的话用在作文里了。长大以后，知道事儿了，发现蜜罐其实是空的，却被时间慢慢灌入苦水，自己成了房奴、车奴、孩奴，生活真是越来越好吗？还是越来越糟？

小学进行时

　　小学觉得最光荣的事情就是加入少先队。第一批入队，成为多少少年炫耀自己辉煌过去的资本。当被系上红领巾的那一刻，我们被教育：红领巾是国旗的一角，是用烈士的鲜血染红的。所以后来每次洗红领巾的时候，我都怕掉色。

　　小学的功课不是太难，唯一把我难住的，是不会系红领巾，因此入队不久后我便萌生了退队的念头。好在像我一样笨的少先队员不占少数，每次班会一上来，都先教一遍红领巾的系法。最终，我没有等到入团，便会系红领巾了。

　　十岁前穿的最多的是蓝白条的运动服和白球鞋。男生都是汗脚，白球鞋穿一天，四周就一圈汗印儿，加上乱跑，鞋上都是土，那一圈汗印便成了一圈黑印儿。刷的时候不好刷，就趁着湿，把白粉笔涂在那一圈印儿上，等鞋干了，黑印儿就不明显了。所以，每到周末，男生都揣一兜粉笔头回家，准备刷鞋用。

汗脚在给男生带来刷鞋麻烦的同时，在另一件事情上带来了方便——捂老根儿。想必大家对拔根儿不陌生吧，为了能让自己的根儿百战不殆，我通常把根儿放在球鞋里捂，凡是脚和鞋接触的空隙，能塞多少塞多少，为此不知道磨破过多少双袜子。不知道什么原理，反正新根儿放进鞋里后，黑得快了，一黑了，就说明熟了，有了韧性，从鞋里拿出来，冒着热气和臭气，开始迎战。后来当我第一次喝普洱，终于获悉了当年捂老根儿的科学依据，和把生普洱发酵成熟茶一个原理，相当于湿仓发酵。

父母为了限制我玩，小学一放假，就给我锁家里练字。庞中华、席殊，都用过，写了得有十几本，却没练出来，可能是光出工不出力了。据说别人都一天写一页，而我半天就能写一本，当时我感觉不是在练字，而是在抄书，抄完一本，就可以出去玩了，可没想到，第二天，我妈又给我买回来一本，比上一本还厚。用心良苦啊。我妈深谋远虑，她认为，字写得好，长大了好找工作——那个时候确实是这样，我上初中的时候，字写得好的男生，除了作业能得高分（照我抄的，竟然比我分还高），还招女生喜欢，我这叫一后悔，不该把我妈的话当成耳旁风，要不然就能开始初恋了。好在现在社会风气变了，择偶的标准不再是看字写得如何，否则我的个人问题将是个问题。

据我观察，现在至少有三分之二的大学生都是近视眼，尽管曾经都是做着眼保健操长大的。记得有一节叫"揉四白穴"，我们班有个叫白雪但不像公主的女生，每到这节操的时候，她都会被不知道从何处伸来的手揉弄几下，因为这节操我们在广播里都听成了"揉死白雪"。

我上小学的时候还有很多游戏可玩，弹球、洋画儿、藏猫儿、三个字，现在的小学生除了网络游戏，已经没的可玩了。游戏消失了，但现实生活的各种行为倒像是在游戏，人人都在游戏人生。

▶ 说是拍洋画儿，其实有拍、扫、吸、震等各种玩法儿。

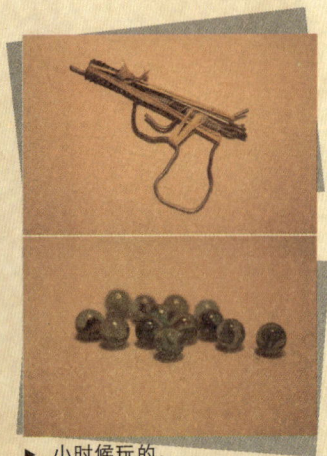

▶ 小时候玩的。

中学进行时

写日记是在中学开始的，随着心理和生理的发育，人变得多愁善感起来，便借助文字抚慰心灵。其实小学时候老师便让写日记了，但学生都是被动为之，当成作业或包袱。到了中学，则主动打开日记本，把内心的起伏记录在册，并上了锁。

性启蒙是从初中的开始，到初三有了生理卫生课，配合这门课，还有录像教学，男女生分开，被分别关在黑洞洞的电教室里看教育片。男生看完都特别想知道女生那边看的是什么，估计女生们也有同样的想法。

上中学每天都要做的一件事情是做操，不知道现在到第几套广播体操了，我上学的时候做的是第七套。那时候我喜欢体育运动，但不爱做操，现在也回想不起来到底为什么，非要找个原因的话，可能是觉得虽然做操也是运动，但还得听口号，不自在，而且觉得这是在给体育老师创造看女生胸脯的机会———每到扩胸运动和跳跃运动的时候，体育老师就上台了，有时候他们会以动作不标准为由，在一套操做完后，让全校学生再做一遍，他喊拍子，而且不是四个八拍，是八个八拍——他想看女生胸脯，还得让全校男生陪着做遍遍。所以，那时候我就盼着刮风下雨，不用做操了。

以前不觉得做操对身体有何帮助，现在吃上了文字饭，每年码字几十万，不知不觉肩膀、颈椎出现了毛病，时不时疼疼，这时便想起曾经做过的广播体操——十多年不做了竟然没怎么忘，到了第几节该伸胳膊伸胳膊，该踢腿踢腿，该送胯送胯，看来肢体本身也有记忆——试着做了做，做完竟舒服多了。一度我被关在宾馆改剧本，每天无聊的时候，就自己喊拍子做操，也是八个八拍。事情就是这样，现在捡起来的，往往是曾经丢了的。

我们学校到了冬天，课间操就改长跑了。学校后门的胡同七百五十米一圈，跑两圈。男生经常在跑第一圈的时候躲进胡同里的公共厕所抽烟，穿着锃亮的三接头皮鞋，垫着砖伫立在污水秽物中，从都是褶的老板裤兜里掏出一盒没开封的希尔顿，先翻开盒盖，看里面印着的英文和阿拉伯数字，从而认定哪根儿是这盒里的烟王，据说它比其它的烟好抽，比如B3，就是第二排第三根，A6就是第一排第六根。烟抽完，淡扯完，正好第二圈跑过来，一闪身混入队伍，假装气喘吁吁，跟着大部队进入校园，接受门口体育老师的检查。

下了课间操或跑完圈，都跑去小卖部买吃的。记忆最深的是小浣熊干脆面，我座位后排的同学不吃早饭，天天课间操后买一包，捏碎了，撒上调料，上课的时候嘎嘣儿嘎嘣儿嚼，听得我觉得天下最好的东西莫过于此，以至于听不到老师在讲什么。后来我能考上高中，也是因为中考前夕换了座位，远离了他，不知那个被换到他前面的同学，中考的命运如何。

大学进行时

我对大学的认识就是两个字，成长。我没在大学学到知识，但获得了成长——这是我在大学毕业多年后才发现并愈加觉得确实如此。

本科的时候我一直厌学，大学完全是混下来的，从大一开学一个月后就没自己写过作业了。那时候我们常拿着望远镜看女生宿舍，却看不到自己的未来，觉得前途渺茫，于是对上大学彻底失去兴趣和信心。

现在想想，看不见未来就对了，能看见的，能叫未来吗？

在混沌中开辟未来，人生才有意思。

很多人问我：如果再选一次，你还会不会上大学？

我从来都是不置可否。

现在我可以明确回答：只要考得上，我还上。

大学毕业后，我想大批毕业生的经历会印证一句歌词：外面的世界很精彩，外面的世界也很无奈。于是有人考研，并不是出于对知识的热爱和学历的追求，只是逃避现实。

但逃得过初一逃不过十五，研读完了，再读博，博读完了，早晚还是要无奈地面对无奈。

人生就是一场化解无奈之旅。

▶ 大学"电工技术"实习时做的电池充电器，可能预料到它将是我大学时代唯一一个独立完成的作业，便保留下来。本来应该可以同时充五节电池，不知道里面哪块儿焊错了，有两个灯不亮，而另外三个插槽都能用。我的同学们有人已经去做导弹了，而我还停留在这个充电器上。

三十而立时

我很小的时候就听过"三十而立"的说法。那时候，我离"而立"还很远，认为三十岁就可以算大人了。二十五岁一过，我就等待着这一天的来临，等啊等，终于等来了。

2010年，我三十了，一千五再也跑不进四分四十秒了，熬夜再也熬不到天亮了，喝酒不仅要有菜了，还必须得找理由了，不能瞎喝了。这一刻，说一点儿不伤感那是假的。

2010年，80后们将陆续三十。有人长大了，不再图自己的一时痛快或低级趣味，想干吗干吗了，有人当了中层领导，开始接受20岁的90后们的质疑和挑战了。有人结婚了，有人还没结，有人已经离了。有人有孩子了，有人还没有，有人还在当孩子。

我们是既精神又物质的一代，小时候玩过变形金刚，也学过雷锋和赖宁，现在有人在不遗余力地为过上骄奢淫逸的生活而奋斗，有人信了佛。

我们由无忧无虑让人羡慕的一代，变成了现在的房奴、车奴、婚奴、孩奴，虽然看不到未来，但是我们还有过去。我相信无论80后们现在过得好不好，都没有把过去忘干净……

▶　汽车人的领袖擎天柱，集勇气、正义、智慧于一身，身材高大，完全符合现代女性的择偶标注。

北京游乐园在2010年6月17日正式停业了。现在的很多两口子，都是来过这里不久后结的婚。来这玩能促进两人关系的发展，不好意思拉手的，在这上了过山车会不由自主地拉上手。门口是6路公交车总站，玩了一天的小孩回家的时候总要抢座。对于那时候的孩子，能去游乐场，坐车有座，就是幸福。

有人留言，说将来有钱了给买回来，寄托了少年或青年时代的美好的愿望。将来真有钱了，肯定也不会买的，因为知道更多现实了。即使真买，这里也许早就用于干别的了。

▶ "北游"关门的消息一传出，大批80后来此留言怀念。但为时晚矣，这开着的时候不来，都去欢乐谷什么的，如果人还是那么多，这也不会关的。

2010年春晚，小虎队出来了，扭动着青春已逝的身体，比划着"把你的心我的心串一串，串一株幸运草，串一个同心圆……"我们少年的时候，他们青年，我们青年的时候，他们中年。快二十年过去了，我并未发觉到自己长大，直到看到他们老年了，我才意识到，自己也即将中年了。

这年春晚，依然在唱《难忘今宵》，以前光知道有句歌词是：共祝愿祖国好祖国好。忽略了另一句歌词："青山在，人未老。"这次再听，有如一道电光划过，让我毛骨悚然。

以前保存记忆，需要厚厚的相册、成堆的书，现在一块硬盘全解决了，保存东西变得容易，生活也因此变得浅薄。丢失东西也变得容易了，想忘记什么，按下Delete键，就和过去告别了。

以前称呼人叫同志，现在叫同学。

以前买自行车，除了飞鸽、凤凰没别的可挑，现在买汽车，思前想后：性价比、节油，还要考虑买日本车爱不爱国。东西多了，买东西并没有变得容易，而是更难了。

以前去个地方，下了火车倒汽车，下了汽车换拖拉机，现在去哪儿变得容易，有了导航，可以直达目的地，可是在那么多种导航中买一个什么样的导航却更复杂。

说不清楚我们这个时代变得更好了，还是更糟。

▶ 通讯工具的变迁

未来生活什么样儿，我们无法预测。以前政治书里说，"本世纪末实现小康，下世纪中叶达到中等发达国家水平"，"本世纪末"已经过去10年了，再有40年就"下世纪中叶"了，我们还能赶上，中等发达国家到底好不好呢？

一眨眼，恍如隔世。

我们拒绝但不可阻挡地长大了。

我们再也回不去了，但这一刻，有往事相伴，很幸福。

敬请关注孙睿随笔集《一到三十就回忆》即将上市

私超市

私
推荐
by / 豆瓣网友

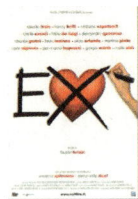

《和莎莫的500天》

导演：马克·韦布
主演：约瑟夫·高登-莱维特
　　　　佐伊·丹斯切尔
类型：爱情
制作国家/地区：美国
语言：英语 / 法语 / 瑞典语

男生以为有一种东西叫做fate。有一种情感可以被形容为love。有一种邂逅是meant to be。

所以当Tom看到Summer的时候，他真真切切的告诉自己，这个人就是自己一生的挚爱。

他傻傻地用留恋的目光追随她的影子。他惶恐不安的揣测她的每一个phrase。他不可自拔的沦陷了

于是关于她的一切都是美好的。 黑色的头发。说话前抿一下嘴巴。胸口心形的胎记。笑起来咯咯的声音。沉沉的睡过去的样子。

甚至连周围一切的景观都被他主观的赋予了鲜艳的色彩。

世界不复存在，只有你。

《第36个故事》

导演：萧雅全
主演：桂纶镁
　　　　林辰晞
类型：喜剧 / 剧情
制作国家/地区：台湾
语言：汉语普通话

很多喜欢这部片子的人多数会先被它暖暖柔和的色调俘房，好像每个人都在做着自己喜欢的事，好像每个人生活的都很自然。

温暖的小故事，你画了一个女人，她一个人喝咖啡，看风景，旅行，但是孤单。

街头的调查，谈心中最有价值的事，追求的梦想，做的选择……很真实，也许其中有你的答案，也许你有你自己的答案，每个人自己的生活。 爱情不是主调，只是小情绪。也不用明指，爱情悄悄的就发生，浪漫不知不觉就蔓延。 谁会是谁的第36个故事? 我们在城市发生自己的故事。

《被嫌弃的松子的一生》

导演：中岛哲也
主演：中谷美纪
　　　　瑛太
类型：喜剧 / 剧情/ 悬疑
制片国家/地区：日本
语言：日语

　　顶着蘑菇头的松子像个不自信的小女孩，蜷缩在角落里唱出天籁之声，她看不见身后所有的人对她微微笑。 这样那样的悲剧不该是属于她的，人生有太多阴差阳错。 我们好似作了一场梦，梦里松子的面庞愈来愈模糊，当我们清醒过来的时候，惊异地发现，是我们自己的面庞，在那里，流着泪水。 谁都不讨厌谁，谁都不嫌恶谁。

　　喜欢才是永远最悲伤的情感。

《前任》

导演：法斯图·比利兹
主演：Alessandro Gassman
　　　　Cécile Cassel
制片国家/地区：意大利 / 法国
语言：意大利语

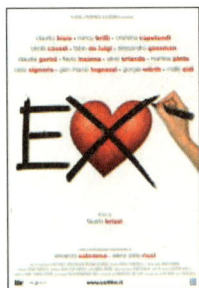

　　有些EX。一旦相遇重逢。枯木逢春，干柴烈火。

　　EX代表了过去，曾有过的一段美好的感情。这是无法改变的。

　　只要当年的事情已经释怀。加上这些年兜兜转转，始终怀念当初的美好。便很容易，复合。 如影片中的Happy Ending：EX终成有情人。

　　然而EX，在你心里，是个什么位置?

　　如何面对过去，某些程度上决定了你的现在和未来。

恋爱私物

来自@晴晴witch的#恋爱私物#

呐，还记得么？这是我送你的第一件礼物，还记得我说它看起来很性感么？其实，我想说："夏日里的你是那么的性感！"

来自@想某人的#恋爱私物#

这是在高三那年，他每天都送一袋水晶之恋给我，连续坚持了101天，拼成的桃心非常喜欢，我拍了下来留作永远的纪念。这是世上最甜蜜的礼物吧！

来自@九夜茴的#恋爱私物#

打开深蓝色的盒子，里面装着十几岁恋爱的影子，那个男孩在我的青春里唱了首歌，留下一句未能跨越千年的誓言。

来自@elecheung的#恋爱私物#

它不是多啦A梦的竹蜻蜓，飞不去梦幻的未来，它是满载九十九句情诗的纸蜻蜓，搭乘着永久不变的爱恋，伴随着三枝羞涩的玫瑰，悄悄诉说着"我爱你"的情节。

来自@李安颜anais的#恋爱私物#

时间走过的地方就有爱的回忆，至少我们都不会忘记。

来自@博小莎的猫言猫语的#恋爱私物#

这是一块石头，它的主人叫薇薇和小土，这是五年前薇薇送给小土的命运石，她说在她觉得最难抉择的时候，是这块石头给了她勇气跨过那个坎。在小土最失意的时候，她送了他这份礼物，平凡而无比真挚。五年后，也就是《私·时间的玫瑰》上市的时候，他们要步入礼堂，作为闺蜜，我想给她最美丽的祝福！

来自@moon1029的#恋爱私物#

终于还是打开我的盒子：歌词本、照片、通讯录、证书、项链等。好多东西都扔掉了，雨伞是心爱的人用过的，可惜被弄断了，现在珍藏起来。钱包是一位长辈送的，遥祝远方这位敢爱敢恨的女子幸福。海螺是一个男孩临别的礼物，他说和发小见到它时，约定要给自己的初恋，还是要谢谢他。

来自@天外飞仙1999的#恋爱私物#

200封没有寄出的信笺、一条我亲手织的围巾、7张每年他生日时写的生日贺卡、一个装着零七八碎和他有关东西的盒子，2004年5月11日、6月18日是我到现在都不能忘记的，2005年6月，他比我早一年毕业，2008年5月18日见到他最后一面，现在，又过了三年多。

来自@落落天使的#恋爱私物#

流动的旋律，一如当初心动的美妙感觉。八音盒的回忆。

Sagittarius

Libra

Aquarius

Scorpio

Capricorn

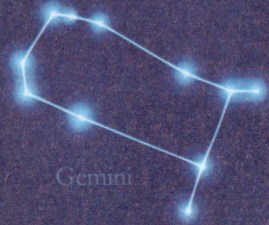

Gemini

Aries

Virgo

2012十二星座爱情开运秘笈

///
///
//   by 星座小王子

Cancer

→

Leo

Pisces

Taurus

白羊座　2012年桃花星座：狮子座

　　白羊座2012年恋爱运还是可以的！爱情上白羊座的人需要掌控，和其他火象星座一样，白羊座非常强调个人，感情纯是依你的灵感去变化，恋爱在你来说是放眼未来的需要、自我的力量，需要宣扬个性；如果感情有阻碍就与之斗争，总是以新鲜的眼光看爱情。2012年恋爱运可能会不似你想象中的那样发展，不过本年你会明白稳定的爱情比两个人不断互相伤害着对方更重要。4月3日至8月7日爱情金星在双子座，你的第3宫，所以白羊座和另一半的关系可望因为甜言蜜语而大有进展，出双入对的机会增加了，也会因为长时间的相处，让二人的感情更为甜蜜！但要注意，5月15日开始至6月27日金星逆行期，要特别小心因你直来直往的火爆脾气，而有口角的风波产生。本年白羊座最旺的桃花时期在9月6日至10月3日爱情金星进入你的爱情宫，和10月28日至11月21日爱情金星进入你的婚姻宫，爱人与被爱的喜悦，将充斥你和你的另一半的内心。单身的白羊座要留意本年会有异性因困扰而找你商量等机缘，进而使爱情产生萌芽，通过倾诉彼此的不同恋爱际遇，擦出奇妙的爱火花。

金牛座　2012年桃花星座：双鱼座

　　值得留意的是，2012年1月23日至4月13日火星逆行在金牛座的爱情宫，所以会有旧情复燃的机会，内心要经历一番挣扎，抉择会让你充满矛盾、反复折腾，感情的发展对金牛座会是一项考验，应该多加思考并选择自己可以掌控的感情来发展，严肃看待彼此关系。

　　6月4日的射手座月食，刚好和金星火星形成相位，可能有一见钟情的闪电恋情出现，不过会带有危险性，稳重的金牛座并不适合玩爱情游戏，逢场作戏的机会，只会增加自己的痛苦。须知：性和爱是两码不同的事，不要混淆在一起。

　　10月5日压力的土星进入你的婚姻宫，而在13日又有天蝎座的日食，所以到了年底，已婚的金牛会备受考验，要防范婚姻的危机，尝试多站在对方的角度看事情，跟另一半要多培养共同的嗜好并分享、交流，再忙也要找时间陪另一半多沟通。单身的金牛座可借与工作相关的社交活动之便，遇到很多不错的对象，有机会认识新朋友，不过别急着接受对方的示好，若觉得有好感最好先多观察，2012年的爱情运未必是正桃花。

双子座　　2012年桃花星座：双鱼座

　　2012年双子座在爱情上，必须要注意的是压力之星土星一直在你的爱情宫直至10月5日，爱情会带给你束缚和不快乐，这是双子座情感的大考验期。单身的双子座有很多恋情的机会，但选择伴侣应该特别谨慎，即使对于没有结果的一些感情，也千万不要存有爱情游戏的想法而有了错误的开始，必须抱着认真的态度经营你的感情。已婚的双子座则要小心在6月4日的射手座月食在你的婚姻宫，更和金星、火星形成凶相，容易陷入婚姻危机，第三者有机会乘虚而入，感情不够坚定的容易闹分手、婚姻不圆满的容易离婚，以致感情伤害十分痛苦！加上6月19日月食在双子座，不懂得矫正自己的心态，很可能会做出一个将来必会后悔的决定，要避免介入三角恋情或是爱上了不该爱的人，使自己陷入痛苦难以自拔的情况。而11月28日另一次月食在双子座，许多感情问题也浮出水面，应该更加特别留意，避免造成另一半的误解，以致破坏你们的感情。不过双子座只要和情人保持密切的沟通，自然可以安然渡过难关。

巨蟹座　　2012年桃花星座：白羊座

　　2012年巨蟹座的感情运势算不上好，今年感情上进展缓慢，不过就算有小波折也不算什么大阻碍。还没有伴侣的巨蟹座，今年会有好的对象出现，多是年长你许多的对象；容易患得患失的巨蟹，对认识不深的异性要慢慢交往，慢慢深入观察对方，不必急着表态，小心把对方吓跑。已婚的巨蟹与伴侣的关系会更为紧密，爱人的支持能够鼓舞巨蟹低落的情绪。恋爱成熟想成家的巨蟹，不妨考虑与伴侣在年底共组家庭。

狮子座　2012年桃花星座：天蝎座

　　2012年，狮子座的爱情运势相当旺盛，重点是今年爱情金星会在4月3日至8月7日都在双子座、在你的社交宫中，一般金星只停留在一个星座几个星期，但这次是罕见地停留4个月，会因社交圈的扩大增加了许多结识异性的机会，未婚的狮子座在今年4月3日至8月7日之间可借由参加社交活动、工作之便遇到你心仪的对象，要能及时把握机会经营这份感情，也有可能发生由友谊转化成爱情的缘分；不过要注意在5月15日至6月27日金星逆行，已有伴侣的狮子座要小心被异性色诱，千万别来者不拒，须知：飞来艳福未必是福。

处女座　2012年桃花星座：双鱼座

　　冥王星与海王星的加持，2012年开始感到感情稳定起来，爱神非常眷顾你。2012年处女座明显感到生活的环境变化，心态会有大顿悟，恋爱成熟的处女座可考虑建立更长远稳固的状态，与伴侣步入婚姻生活，给彼此一个交代。已婚的处女座彼此感情将更加融洽。2012年单身的处女座有很多浪漫邂逅的机会，也有可能在出差旅游的途中发生恋情，不过一向严谨挑剔的处女座，要深入谈感情就必须要考虑两人之间的性格与生活方式是否能够相处融洽，而2012年所遇到的对象本质上跟你的差异挺多。海王星象征梦幻之星将要常驻在你的婚姻宫，在这段期间内有异于往常的浪漫婚姻爱情观，恋情令人陶醉，跟另一半会发现很多生活新味道，处女座原本桃花运不算强，但2012年的桃花运旺盛，不妨积极寻觅属于自己的真爱。

天秤座　2012年桃花星座：白羊座

　　2012年3月14日爱情星金星和吉星木星同在你的第8宫，单身而又渴望爱情的天秤座会有很多机会展开浪漫的恋情，而且是令你一直想追求的真爱。不过由于象征变革的天王星一直在你的婚姻宫，直至2018年，对于你的长期关系会有重重的考验，已婚的天秤座与配偶的关系会出现争执对峙的局面，2012年的4月9日、6月20日、7月4日都会是你本年爱情运的关键日子。5月15日至6月27日的金星逆行，会为你带回一段过去了的感情，使你有再一次开始的机会，以弥补之前曾在爱情上犯过的错误。而在10月28日至11月21日，当金星进入天秤座的时候，将会是你本年爱情最丰收的时段，可以享受浪漫的幸福感。

天蝎座　2012年桃花星座：处女座

　　象征梦幻的海王星从2月3日开始，将在你的恋爱官位长踞13年，天蝎座可以放心地好好享受属于你的甜蜜恋情。2012年会有很多社交活动的机会，也会有一见钟情突如其来的恋情，你可以有很多的抉择空间，未婚的天蝎座要努力经营你的感情，不要因为怕受伤害而放手，你的真诚和热情足以让对方更想接近你。如果天蝎座之前有暗恋对象，在2012年可以使恋情明朗化，但是要特别注意你的态度不可忽冷忽热，一定要表明心意，否则有可能被人横刀夺爱，此外你也要避免介入不伦之恋。今年6月11日之前幸运木星都在你婚姻宫，已婚的天蝎座可以给对方一个坚定的承诺，用浓浓的爱把对方包裹住，6月11日之后天蝎座对情人千万别疑心病太重，要妥善处理与另一半的关系，否则只会造成反效果。

射手座　2012年桃花星座：金牛座

　　一向热爱社交、桃花不断的射手座，2012年的爱情运因为有天王星在你的爱情宫直至2018年，所以你的爱情可算是一部连续剧，认识恋爱对象的机会天天新款，日日不同，到处留情，而且不寻常的爱，例如不伦之恋、办公室地下恋情等很容易发生，尤其在6月24日至9月19日之间，又加上冥王星的效应更加是高潮迭起之时，小心烂桃花的发生，若过于冲动，亲密关系会变成危险关系，也不排除射手座会在娱乐场所中花钱找真爱，提防为烂桃花破财也是本年射手座要注意的。不过尽管爱情运变化很大，但由于木星下半年在你的婚姻宫，射手座开始渴望能有长久安定的感情生活。已婚的射手座会多抽空陪伴伴侣，懂得分享生活的乐趣，恋爱成熟想成家的射手座，也会考虑建立起自己的家庭。

　　本年另一个重点是爱情金星从5月15日至6月27日在你的爱情宫中逆行，感情困扰于一份已经过去的爱情，暧昧不明影响你的心情，若处理不当将会给射手座带来麻烦。

摩羯座　2012年桃花星座：金牛座

　　2012年上半年幸运木星在你的爱情宫直至6月11日，加上爱情星金星从3月5日至4月3日在金牛座，和木星合相，是摩羯座2012年最浪漫的时刻，单身的摩羯座会有很多浪漫的缘分，有不少认识新朋友的机会，可以发展的对象可能就在其中，值得好好把握。摩羯座务实的感情态度会让对方感受到你的诚意，恋情有机会开花结果。

　　而金星也从8月7日至9月6日在巨蟹座和你的伴侣宫中，有伴侣的摩羯座和对方的感情会进入亲密阶段，你们会有很多甜蜜时光，多进行心灵交流，越来越懂得尊重对方的想法、体谅对方的感受。另一半的体贴关怀能让你倍感温馨，你也乐于花时间和精神去照顾对方，你们的感情会更进一步。

水瓶座　2012年桃花星座：天蝎座

　　2012年5月20日的日食和分别在6月4日及11月28日的月食，对水瓶座爱情运有很大影响，本年感情方面如果太快决定关系，会产生彼此长期相处，在价值观有不合的疑虑，也要提防卷入纠葛的多角恋情之中。爱情星金星从4月3日至8月7日在你的爱情宫，恋爱指数攀升，爱神很照顾你，与喜欢的对象有机会进展到伴侣关系。不过要注意金星自5月15日至6月27日逆行，感情生活会出现变化，受到金星逆行的影响，水瓶座爱情潜在的隐忧使你头痛，爱情的烈焰可能很快熄灭，同时注意犯小人，恋情会遭到好朋友的破坏，也可能出现了旧情人的未了缘，而惹得另一半不满，也要谨防飞来艳福，可别扬扬得意，小心破财又难消灾。已婚的水瓶座，留意误跌入不切实际的恋情，或扑朔迷离的办公室恋情中，搞不好还会酿成家庭纠纷。

　　幸好6月11日幸运的木星进入双子座，并在水瓶座的爱情宫一整年。总体来看，2012年算是水瓶座的大桃花年!!

双鱼座　2012年桃花星座：金牛座

　　一直追求浪漫的双鱼座，2012年有很多恋爱机会，未婚的双鱼座6月11日后会有很好的结婚机会，你会遇到很好的对象，迷糊的双鱼座要张大眼睛寻觅你的真命天子，别一天到晚搞对象，只求曾经拥有不求天长地久的浪漫而蹉跎机会。已婚的双鱼座能跟另一半享受甜蜜的爱情生活。但要小心1月23日至4月13日火星逆行在你的伴侣宫，喜欢享受浪漫的双鱼座，可别玩爱情游戏，避免陷于情欲旋涡，因一时风流快活而为剪不断、理还乱的感情伤心。而有婚外情的双鱼座，也很快就会结束不伦之恋，与其浪费时间谈没有结果的恋情，不如发挥浪漫创意在工作上。

私献

龙文身的女孩

by / [瑞典] 斯蒂格·拉森.

楔子

十一月的一个星期五

　　这事每年都会发生，几乎成了惯例，而今天是他八十二岁生日。当花照例送达时，他拆开包装纸，拿起话筒打电话给退休后便搬到达拉纳省锡利扬湖的侦查警司莫瑞尔。他们不只同年，还是同日生，在这种情况下可说是一种讽刺。这位老警官正端着咖啡，坐等电话。

　　"东西到了。"

　　"今年是什么花？"

　　"不知道是哪一种，我得去问人。是白色的。"

　　"没有信吧，我猜。"

　　"只有花。框也和去年一样，自己做的。"

　　"邮戳呢？"

　　"斯德哥尔摩。"

"笔迹呢？"

"一如往常全部大写。字迹整齐端正。"

说完，话题就这么结束了，两人将近一分钟没交谈。退休警官往后靠坐在厨房椅子上，抽着烟斗。他知道对方已不期望他发表任何可能为本案开启一线曙光的简要评论或锋利问题。那样的日子早已过去，如今两人的对话仿佛一场谜样的仪式，只是这世上除了他们之外，没人有兴趣去解开这个谜。

那花的拉丁学名是Leptospermum rubinette（属桃金娘科），是一种高约十公分的植物，有石南状的小叶和一朵五瓣白花，花瓣还不到两公分宽。

这植物原产于澳大利亚丛林与高地，多半生长于草丛间，当地人称之为"沙漠雪"。后来，乌普萨拉植物园的人也证实这种植物在瑞典很少见。这位植物学家在报告中写道，该植物与茶树属性相近，常被误认为另一种较常见、主要产于新西兰的同类植物松红梅（Leptospermum scoparium）。她指出两者的差异在于前者花瓣末稍有少许粉红小点，因此花朵略带粉红色调。

"沙漠雪"完全是一种含蓄的花，没有医药特性、无法引发幻觉，不能食用也不能用来制造植物染料。但另一方面，澳大利亚原住民却将艾尔斯岩艾尔斯岩（Ayers Rock），位于澳大利亚中部沙漠，是世界上最大的单一岩石。周遭地区与该区的植物群视为神圣的象征。

那名植物学家说她从未亲眼见过这种植物，但询问同僚后得知哥德堡某处温室曾试图引进，培植者当然可能是业余植物学家。这种植物在瑞典种植困难的原因是它适合生长在干燥气候，而且大半年都得养在室内，种在石灰土壤里很难长得好，还必须从底部浇水，是种需要娇宠的植物。

既使如此罕见的花，要追查样本来源理应不难，但实际上却是不可能的任务，因为既无登记数据也无执照可查。有兴趣去取得种子或植物的人少到数人，多则数百人，也许是朋友间易手，或是从欧洲或澳大利亚某个角落邮购所得。

但这只是每年十一月第一天寄来的一连串故弄玄虚的花之一。这些花都很美，而且大多十分罕见，总是制成压花后贴在水彩纸上，用一个六乘十一寸、样式简单的框裱起来。

这则奇怪的花故事从未见过报，只有少数人知情。三十年前，国家刑事鉴识实验室里的指纹专家、笔迹专家、刑事调查员，以及收件人的一两位亲友，都曾非常缜密地调查这件定期收到花的事。如今这出戏的演员只剩三人：上了年纪的寿星、退休的警探与寄花人。至少前两人已到达一定年纪，因此相关人士的数目不久又会减少。

退休警探是个硬汉。他永远不会忘记自己办的第一宗案子，那次他不得不逮捕一个喝得醉醺醺又有暴力倾向的变电所工人，以免他伤人。在整个警察生涯中，他曾抓过盗猎者、殴妻者、欺诈犯、偷车贼与酒醉驾驶员，也曾经和窃贼、毒贩、强暴犯，还有一名疯狂炸弹客周旋过。他曾参与侦办九起谋杀或杀人案，其中五起都是凶手主动打电话给警方，充满悔意地坦承杀了自己的妻子或兄弟或其他亲人。另外两起都在几日内侦破。另一起则求助于国家刑警队，花了两年时间才破。

至于第九起案子也算是破得让警方满意，也就是说他们知道凶手是谁，但由于证据太薄弱，公诉检察官决定不予起诉。令侦查警探气馁的是，案子最终因为过了法定追诉期而不了了之。不过总体回顾起来，这段警察生涯还是有声有色。

但他却不满意。

对这位警探来说，"压花案"已令他苦恼多年，这是他最后一宗案子，却因未能侦破而令他十分沮丧。更荒谬的是，无论在不在执勤，他日夜苦思了数千小时，仍无法斩钉截铁地说这的确是一起犯罪事件。

他二人都知道为花裱框的人会戴手套，所以框或玻璃上不会留下指纹。框可能是在世界各地的相馆或文具店买来的，根本无迹可循。包裹最常从斯德哥尔摩寄出，但也有三次从伦敦、两次从巴黎、两次从哥本哈根、一次从马德里、一次从波恩，甚至有一次从佛罗里达的彭萨科拉，警探还得去查地图才知道。

挂断电话后，八十二岁的寿星盯着那美丽却毫无意义的花呆坐许久，他连花名都还不知道。接着他抬头望向书桌上方的墙面，那里已挂着四十三幅裱框的压花，每排十幅，共有四排，而最后第五排只有四幅。最上方一排第九个位置有个缺口。"沙漠雪"是第四十四号。

他忽然毫无预兆地哭了起来。在将近四十年后忽然情绪溃堤，连他自己也感到讶异。

第一部·动机

瑞典有百分之十八的女性曾遭男性威胁

第一章

十二月二十日星期五

审判终结，已无扭转的可能，一切能说的都说了，但他始终相信自己会输。判决已于星期五上午十点宣布，现在就看等在地方法院外面走廊的记者们如何分析。

卡尔·麦可·布隆维斯特从门口看见他们，于是放慢脚步。他不想讨论判决结果，但问题是避免不了的，而且他比谁都清楚他们一定会被提问并且必须回答。身为罪犯便是如此，他心想。站在麦克风对面，他挺起胸膛，勉强一笑。记者们友善且近乎尴尬地向他打招呼。

"咱们瞧瞧……《瑞典晚报》、《瑞典快报》、TT通讯社、TV4和……你是哪儿的？……喔，《每日新闻》。看来我挺出名的。"布隆维斯特说。

"说几句话吧，小侦探。"出声的是某晚报的记者。

布隆维斯特听到这个绰号，一如往常地按捺住不翻白眼。当他二十三岁，刚开始记者工作的第一个夏天，碰巧撞上一帮在过去两年内成功抢劫了五家银行的劫匪。毫无疑问，每宗案子都是同一伙人干的，他们的特点就是以军事化的精准行动一次同时抢两家银行。劫匪戴着迪斯尼卡通人物的面具，依警方的逻辑难免会给他们冠上"唐老鸭党"的称号。报章则为他们另起封号为"熊党"，听起来较邪恶也较贴近事实，因为其中两次作案时，他们都不顾一切地开枪警告并威胁好奇的路人。

他们第六次出动是在假期旺季，目标是东约特兰的一家银行，当时刚好有个当地广播电台的记者在现场。劫匪一离开，他立刻找公共电话以直播方式口述事发经过。

那时布隆维斯特正与女友在她父母位于卡特琳娜霍尔姆的避暑小屋度假。他究竟如何产生联想，就连对警方他也无从解释，只不过当他听到新闻报道，便想起在同一条路上几百米外的避暑小屋里那四名男子。他看过他们在院子里打羽毛球：四名健壮灵活的金发男子穿着短裤、光着上身。他们显然都锻炼过肌肉，而且散发出某种特质让他多看了一眼——也许是因为他们在炽热的阳光下，以一种他认为火力十足的劲道打球吧！

其实没有合理的原因怀疑他们是银行劫匪，但他还是爬到小丘上观察他们的小屋。屋里似乎没人。约莫四十分钟后，一辆沃尔沃开进院子停下，那些年轻人匆匆下车，每个人各拿着一个运动提袋，很可能只是刚游泳回来。但其中一人又回到车旁，从后备厢拿出一样东西并很快用夹克遮住。尽管布隆维斯特距离颇远，仍看得出那是一把旧式AK4步枪——他当兵那年这曾是他步不离的伙伴。

他打电话报警，随即对小屋展开为期三天的包围，一面有媒体作地毯式的报道，而布隆维斯特就坐在第一排，还从一家晚报拿到令人满意的丰厚报酬。警方则将一截活动房屋拖进布隆维斯特住的小屋院子里，当作总部。

"熊党"的落网使他一炮而红，也开启了他的记者生涯。但成名的负面效应是，另一家晚报忍不住下了这样的标题："小侦探卡莱·布隆维斯特破案记"。写这篇讽刺报道的是一个年纪较长的专栏女作家，文中提到阿斯特丽德·林格伦书中那个小侦探[①]。更糟的是，报上还刊登了他嘴巴微张、伸出食指指着方向的模糊照片。

---

① 阿斯特丽德·格格伦（Astrid Lindgren, 1907—2002），是瑞典著名的儿童文学作家，曾写过《大侦探小卡莱》一书，书中主角是一名少年侦探，名叫卡莱·布隆维斯特，与本书主角姓名卡尔·布隆维斯特极为相似。

尽管布隆维斯特一辈子没用过卡莱这个名字，却惊愕地发现从那时起，同僚们都昵称他为"小侦探"——一个带着嘲弄与挑衅的绰号，虽无恶意却也不全然友善。尽管他很敬重林格伦，也爱看她的书，却很讨厌这个外号。他花了几年时间，在新闻界有了许多更重要的成就后，这个绰号才逐渐被人淡忘，但每当再次听见仍不免生厌。

　　此时，他勉强保持镇静，微笑着对那名晚报记者说："算了吧，自己想点东西写。这对你是家常便饭。"

　　他口气中并无不快。他们多少认识，那天上午布隆维斯特还没说出最恶毒的批评呢！现场有个记者曾与他共事过。而几年前在某个宴会上，他还差点钓上TV4电视台"SHE"节目的那名女记者。

　　"你今天在里头真是言词激烈，"《每日新闻》的记者说道，显然是个兼职的年轻人。"感觉如何？"

　　虽然气氛严肃，布隆维斯特和较年长的记者们却都忍俊不禁。他和TV4的记者互瞄几眼。感觉如何？笨头笨脑的体育记者就这么将麦克风推到刚跑过终点线、气喘吁吁的运动员面前。

　　"我只能说很遗憾法院没有作出不同的判决。"他略显愠怒地说。

　　"坐三个月的牢加上十五万克朗②的损害赔偿，判得可不轻。"TV4的女记者说。

　　"我会熬过来的。"

　　"你会向温纳斯壮道歉吗？会跟他握手言和吗？"

　　"我想不会。"

　　"那么你还是会说他是个骗子啰？"《每日新闻》的记者说。

　　法院刚刚才判定布隆维斯特诽谤及毁损资本家汉斯-艾瑞克·温纳斯壮的名誉。审理已终结，他并不打算上诉。那么假如他在法院阶梯上重申自己的主张，会有何结果？布隆维斯特决定不去找出答案。

　　"我以为我有理由公布我手上的资料，但法院的判决否定了我的想法，我也必须接受司法有其依循的过程。我们编辑部的同仁将先讨论判决结果，再决定该怎么做。我言尽于此。"

---

② 克朗（kronor），瑞典货币单位，一克朗约合人民币一元。

"但你应该知道作为记者应该坚持不懈？"TV4的女记者问道。她面无表情，但布隆维斯特却似乎隐约在她眼中看到一丝失望的否定。

现场记者除了《每日新闻》那个小伙子之外，全都是新闻界老将。对他们而言，他的回答实在不可思议。"我言尽于此。"他又说一遍，但是当其他人都接受了这个说法，TV4的女记者却仍让他站在法院门口，然后在摄影机前继续提出她的问题。她对他的态度特别和善，而他的回答也清楚得足以满足此刻仍站在她身后的记者们。这篇报道将会成为头条，不过他提醒自己，这毕竟不是媒体界的年度大新闻。记者们一取得他们需要的东西，便各回各的编辑室去了。

他想走一走，但今天是个风势猛烈的十二月天，何况接受采访后他已经觉得冷了。走下法院阶梯时，他看见威廉·博格下了车，一定是记者采访时他就已经坐在那里。他们俩四目交接，接着博格微微一笑。

"光是看你手里拿着那张判决书，就值得来一趟。"

布隆维斯特一语不发。他和博格已经相识十五年，曾一起在某日报担任财经版的菜鸟记者。也许是磁场不合，从那时起便已奠定一辈子的敌意。在布隆维斯特看来，博格是个三流记者，也是个喜欢说无聊笑话并狂妄地批评资深前辈而惹人厌的家伙，而且他似乎特别不喜欢较年长的女记者。他们吵过一次架，后来又吵了几次，不久对彼此的敌视便转变成个人因素。

多年来他们经常遭遇对方，但真正为敌却是九十年代后期的事。起因是布隆维斯特写了一本有关财经报道的书，并大量引用出自博格之手的谬误论述，让博格变成言词浮夸、对许多数据不明就里，却将濒临破产的网络公司吹捧上天的笨蛋。事后两人在索德一家酒吧巧遇，还差点为此动手。后来博格离开报界，进某家公司担任公关，薪水比以前高得多，但更糟的是，这家公司也在企业家温纳斯壮的影响范围内。

他们对视许久后，布隆维斯特才转身走开。专程开车过来，只为了坐在那里嘲笑他，这的确是博格的作风。

这时，四十号公交车在博格的车前煞住，布隆维斯特连忙跳上车逃离现场。他在和平之家广场下车后，一时间无所适从。判决书还握在手上。最后他走向警察局地下停车场入口旁的安娜咖啡馆。

他刚刚点好一杯拿铁咖啡和一块三明治，收音机便传出午间新闻报道。前两则是关于耶路撒冷一起自杀式炸弹袭击事件，以及政府组成委员会调查建筑业界是否有非法牟利的事情。第三则便是有关他的新闻。

今天上午，《千禧年》杂志记者麦可·布隆维斯特因严重诽谤企业家汉斯–艾瑞克·温纳斯壮，被判处入狱服刑九十天。今年初，布隆维斯特写了一篇报道，引发各界对所谓迈诺斯事件的关注。文中指称温纳斯壮挪用政府预定投资波兰产业的基金进行武器买卖。此外，布隆维斯特也被判支付十五万瑞典克朗的损害赔偿。温纳斯壮的律师柏提·卡纳马克在声明中表示，他的当事人对判决结果十分满意。他还说，这起诽谤案实在令人忍无可忍。

判决书共二十六页，将布隆维斯特严重诽谤商人温纳斯壮的十五条罪名成立的原因一一列出，换算下来他得为每条罪名付出一万克朗、服刑六天，另外还有诉讼费与他自己的律师费。他实在不敢去想这一大笔费用，但也不免想到情况原可能更惨，幸好有另外七项罪名被判无罪。

他读着判决书，胃里竟逐渐感到沉重不适，令他颇感惊讶。一开始打官司他就知道除非奇迹产生，否则他难逃被判刑的命运，因此早已接受这样的结果。他出奇镇定地经历两天庭讯，接下来十一天便等着法院郑重拟出此时握在他手中的判决书，内心没有丝毫起伏。直到现在他才感觉全身不对劲。

他咬了一口三明治，面包似乎在嘴里膨胀，让他几乎难以下咽，便将盘子推到一旁。

这是布隆维斯特第一次成为被告。相对而言，这样的判决只是小事，是轻量级罪行，毕竟不是持枪抢劫、谋杀或强奸；但就财务观点看来却很严重。《千禧年》既非媒体业界的佼佼者，也没有享用不尽的资源，连收支平衡都很难维持，不过这判决倒也没有导致重大灾难。问题是布隆维斯特是《千禧年》的所有人之一，更蠢的是他还是撰稿人兼发行人。十五万克朗的损失赔偿他会自行负担，只是他的积蓄也将一扫而空，而诉讼费则由杂志社负责。只要编预算时多加小心，应该没有问题。

他考虑到也许应该卖掉公寓，但这想法令他心碎。想当初在经济蓬勃的八十年代末期，他坐拥一份稳定的高薪工作，便开始到处寻找一个安定的窝。他一间间看，最后看中贝尔曼路的尽头一间六十五平方米的顶楼公寓。当时前任屋主正在装潢，却忽然获得国外某家网络公司提供的工作机会，便低价卖给了布隆维斯特。

他没有采用原本的设计图，而是自己完成后续工作。他花钱整修了浴室与厨房，但却没有铺拼花地板、立隔间墙、改装成两房公寓，而是将木质地板进行砂磨处理，粗糙墙面作了粉刷，并以伊曼纽尔·伯恩史东的两幅水彩画遮住最丑的补丁墙面。最后呈现的结果是一个开放式的起居空间，卧房区在书架背后，用餐区与客厅则邻接着吧台后侧的小厨房。这间公寓有两个屋顶窗和一个山墙窗，可以越过一大片屋顶眺望斯德哥尔摩最古老的旧城区和骑士湾水域，也能隐约瞥见斯鲁森水闸边的湖水与市政厅一隅。如今他再也负担不起这样的公寓，但他却极度渴望能保留住。

尽管如此，相比于在职场上遭受迎头痛击的事实，公寓不保的问题着实微不足道。这样的损伤得花很长一段时间来弥补——如果弥补得来的话。

这关系到信任问题。在可见的未来，各家编辑对于发表由他署名的报道都会心存疑虑。虽然业界仍有许多朋友愿意相信他只是时运不济，遭遇特殊情况，但他可不能再犯一丁点错误。

其实最令他受伤的还是羞辱感。所有王牌都在他手上，但他还是输给一个穿阿玛尼西装的匪徒之辈，一个卑鄙的股市投机客，一个雅痞，连对方聘用的名律师在整个审判过程也都面带轻蔑笑容。

到底为什么事情会失控到如此地步？

一年半前的仲夏节③前夕，温纳斯壮案在一艘三十七英尺长的马拉-30游艇驾驶座中开启端倪时，确实显得大有希望。那是一次偶然的机会，只因为一位目前在郡议会担任公关工作的昔日报社同事想要讨好新女友，鲁莽地租了一艘"大龙虾"游艇，想在斯德哥尔摩群岛间作数日浪漫之旅。那位女友刚从赫斯塔哈玛来到斯德哥尔摩求学，对于出游的邀请先是客气推辞，后来因为男友答应让她姐姐和姐姐的男友同行便接受了。这三个赫斯塔哈玛人都没有航行经验，不幸的是，布隆维斯特的老同事也是热情胜于经验，于是就在出发前三天，他十万火急地打电话来，说服他加入成为第五名、也是唯一懂得航行的成员。

---

③　仲夏节（Midsummer），可说是瑞典最受欢迎的传统节庆之一，日期就在每年的夏至当天，也是瑞典国定假日。

布隆维斯特起初并未将此提议当回事，但他同事保证能让他在群岛间享受几天有美食与良伴的轻松日子，所以他就答应了。只可惜这些承诺不仅没有兑现，这趟出游更是一场出乎他意外的噩梦。他们从布兰多循佛鲁松海峡上行，沿途风景秀丽，但称不上令人惊艳。船行速度大约只有九节，那位新女友却立刻晕船，她姐姐也开始和男友吵架，没有人对学习航行知识流露丝毫兴趣。布隆维斯特很快便明显感受到自己被赋予驾驶之责，其他人只负责提供友善但基本上毫无用处的意见。因此在安索某处海湾度过第一晚之后，他便准备将船停进佛鲁松的码头，然后搭巴士回家，但终究耐不住他们一再哀求又留下来。

第二天中午由于时间够早，还有几个空位，他们便停靠在风景如画的阿鲁尔马岛的游客码头。他们一块准备了点午餐，正要开始吃时，布隆维斯特看见有艘黄色的马拉-30玻璃纤维游艇只靠着主帆滑行进入海湾，船一面优雅地前进，舵手则一面在码头上寻找停靠点。布隆维斯特也环顾了一下四周，发现唯一剩下的空位就在他们的"龙虾"和右侧一艘H型游艇之间，马拉-30船身狭窄，刚好塞得进来。他站上船尾挥动手臂指着空位，马拉-30上的人高举一手致谢后便驶向码头。布隆维斯特注意到那船上只有一人，他甚至懒得重新启动引擎，只听见锚链一阵咔嗒响，数秒后主帆下滑，船上那人则像只被烫伤的猫似的跳来跳去，一面将舵打直掌稳，一面在船头准备绳索。

布隆维斯特爬上游艇扶栏，伸出一手去接船绳。那人最后一次修正路线，非常缓慢地朝"龙虾"船尾滑行而来。一直到他将船绳抛给布隆维斯特时，他们才认出彼此并露出喜悦的笑容。

"嗨，罗伯。怎么不开引擎？不怕把港里所有的船都刮花了？"

"嗨，麦可，我就觉得你有点面熟。这部烂引擎要是动得了，我也想开啊。两天前在罗德洛加附近就不动了。"

他们隔着扶栏与对方握手。

很久很久以前，在七十年代国王岛中学时期，布隆维斯特和罗伯·林柏曾经是好友，甚至是挚友。但就像许多学生时代的好友一样，各分东西后友情也逐渐变淡。过去二十年间，他们或许碰过六七次面，最后一次大约在七八年前。这回他二人都带着兴味端详彼此。林柏满头乱发、皮肤晒得黝黑，还留了两星期没刮的胡子。

布隆维斯特立刻感觉心情好转许多。当公关友人陪蠢女友到岛的另一头，围着杂货店前的仲夏柱④跳舞时，他则带着鲱鱼和烈酒躲在马拉-30的驾驶座上和老同学话家常。

当天稍晚，他们决定不再与阿鲁尔马那些恶名昭彰的蚊子对抗，便转移到船舱，一杯接着一杯烈酒下肚后，他们开始揶揄起企业界的道德伦理。林柏中学毕业后就读斯德哥尔摩经济学院，接着进入银行业。布隆维斯特则毕业于斯德哥尔摩新闻学院，工作上投注不少心力揭发银行与商界的贪腐现象。接着他们开始探讨九十年代某些"黄金降落伞"协议⑤中，有哪些部分符合道德伦理，最后林柏不得不承认商业界确实有一两个不道德的混蛋。这时他忽然正色注视布隆维斯特。

"你为什么不写汉斯艾瑞克·温纳斯壮？"

"我不知道他有什么好写的。"

"挖呀，挖呀，拜托。你对AIA计划了解多少？"

"那是九十年代的一种援助计划，目的是帮助前东欧集团国家振兴产业。几年前就结束了。我从来没仔细研究过。"

"AIA（产业辅导小组）的计划有政府作后盾，由瑞典十几家大公司派出代表负责执行。AIA在政府的担保下，与波兰及波罗的海诸国政府签订了许多计划协议。瑞典工会联盟也加入其中，保证东欧国家只要参考瑞典模式，劳工运动便会更加蓬勃发展。理论上，这项援助计划是以提供协助使其自立为原则，理应能为东欧政权提供经济重建的机会。然而实际上却是这些瑞典公司获得政府补助，成为东欧各国公司的共有人。那个该死的基督教民主党部长力挺AIA，让他们在波兰的克拉考设立一座造纸厂，为拉脱维亚的里加的某家金属工厂提供新设备，在爱沙尼亚的塔林建水泥厂等等。资金由AIA委员会分配，其成员包括来自银行与商界的重量级人物。"

"这么说那些是人民的税金啰？"

---

④　仲夏柱（Midsummer pole），每年瑞典仲夏节庆典的传统之一，人们多半于前一年冬天砍下一根又高又直的圆木，待仲夏节来临前，钉上多根横杆，并于其上点缀树叶、花圈等装饰，竖立于村庄空旷处。庆典期间人们常会围在仲夏柱旁唱歌跳舞。

⑤　"黄金降落伞"协议（golden parachute agreement），即给予企业高阶主管的优厚补偿协议，以保障他们因企业易主或合并所造成的损失。

"大约有一半来自政府，另一半由银行与企业负责，但绝非无私的运作，银行与企业都打算从中赚取甜头，否则他们何必如此大费周章？"

"这里头到底有多少钱？"

"等等，你先听我说。AIA接洽的主要都是有意打进东欧市场的瑞典大企业，例如艾波比股份有限公司⑥和斯堪雅建筑集团等重工业集团，也就是说不是什么投机公司。"

"你的意思是斯堪雅不做投机买卖？他们的总经理不就是因为放任手下炒股票损失了五亿，才被炒鱿鱼吗？还有他们在伦敦和奥斯陆狂炒房地产，你又怎么说？"

"当然，全世界每家公司都会有几个白痴，但你知道我的意思。至少那些公司确实在生产某些东西，称得上是瑞典产业的主力。"

"说了这么多，关温纳斯壮什么事？"

"温纳斯壮是这副牌中的鬼牌，意思是他就这么莫名其妙地出现了。他毫无重工业背景，实在与这些计划八竿子也打不着，但他在股市大赚了一笔又投资一些可靠的公司，可以说是走后门进来的。"

当时布隆维斯特坐在船内，往杯里斟满赖默斯霍尔默白兰地之后向后一靠，试图回忆自己对温纳斯壮极有限的认识。他在诺兰出生长大，并于七十年代在当地开了一家投资公司，赚钱之后便搬到斯德哥尔摩，到了八十年代事业开始飞黄腾达，在伦敦与纽约设立办公室后，公司规模扩大成了温纳斯壮企业集团，并开始与倍意尔电子集团相提并论。他喜欢快速地买卖股票与期权，也藉此跻身于各大报的瑞典亿万富豪排行榜之列，不仅在海滨大道上有一栋市区住宅、在瓦姆多岛上有一栋豪华的避暑别墅，还拥有一艘从一位破产的前网球明星手上买来的二十五米游艇。不错，他是个精明鬼，但八十年代正是属于精明鬼和房地产投机商的时代，而温纳斯壮并无惊天动地之举，反而在同侪间始终保持低调。他不像传媒电讯大亨杨·史坦贝克⑦那般浮夸耀眼，也不像艾波比

---

⑥　艾波比股份有限公司（ASEA Brown Boveri），是个跨国公司，专长于重电机、能源、自动化等领域。在全球一百多个国家设有分公司或办事处。总公司设于瑞士的苏黎世。

⑦　杨·史坦贝克（Jan Stenbeck，1942—2002），将原本以钢铁、伐木为主的旧式家族事业，成功转变为瑞典知名电讯与传媒集团。行事作风火大胆，喜欢在他自己开设的餐厅酒吧中举行疯狂派对。

前总裁派西·巴纳维克一天到晚上八卦小报的版面。他告别房地产业，转而大举投资昔日东欧联盟⑧。当九十年代泡沫经济破灭、总经理一个接着一个被迫领取优厚的离职补偿金之际，温纳斯壮的公司却安然渡过难关。"瑞典的一则成功故事！"《金融时报》的标题写道。

"那是一九九二年的事。"林柏说："温纳斯壮找上AIA，说他想提供资金。他提出一项企划案，似乎对投资波兰很有兴趣，标的是建立一座制造食品包装的工厂。"

"你是说罐头工厂？"

"不完全是，但相去不远。我不知道他在AIA里有哪些人脉，但他就这样拿走了六千万克朗。"

"越来越有趣了。我来猜猜：后来再也没有人见过那些钱，对吧？"

"错。"林柏露出诡诈的笑容，随即又喝了几口白兰地壮胆。

"接下来便是典型的记账艺术了。温纳斯壮的确在波兰的洛次设立了一家包装工厂，公司名叫迈诺斯。一九九三年间，AIA收到过几份洋洋洒洒的报告，接着便毫无音讯。一九九四年，迈诺斯毫无预警地宣告破产。"

林柏为了强调这句话，啪一声将空酒杯重重放下。

"AIA的问题在于对该计划没有标准的报告程序。你还记得吧？当时柏林墙倒塌时，大伙儿是多么乐观。民主政治将得以实现，核战争的威胁解除了，共产党员一夕间成了普通的小资本家。政府希望在东欧努力实践民主，每个资本家也都想搭顺风车，协助打造新欧洲。"

"我倒不知道资本家如此急公好义。"

"相信我，资本家会为此梦遗。俄罗斯与东欧可能是全世界仅次于中国的最大的未开发市场，产业界与政府联手并无问题，尤其是这些公司只需出点微薄资金意思意思。前前后后，AIA大概吞了纳税人三百亿克朗，这些钱以后应该都得赚回来。形式上，AIA由政府主导，但企业界的影响力太大，以至于AIA委员会实际上是独立运作。"

---

⑧ 　东欧联盟（Eastern Bloc），华沙公约组织或经济互助委员会成员国的统称，二战时期东欧之外的同盟国成员（例如中国、古巴、越南、朝鲜等国）有时也会被包含在内。

"你说这么多，重点到底在哪里？"

"耐心一点。计划一开始并没有资金的问题，因为瑞典尚未遭受利率冲击，政府很乐于为AIA大力宣传，说这是瑞典为促进东欧民主所尽的最大努力之一。"

"这一切全是保守派政府的作为？"

"别把政治给扯进来。这一切只和钱有关，不管委员会头脑是由社会民主党还是温和派人士指派，结果都一样。所以呢，全速前进就对了。后来外汇问题出现了，接着便有一些新民主党的疯子开始埋怨政府对AIA疏于监督——还记得他们吧？其中有个跳梁小丑还把AIA和瑞典国际发展合作署搞混，以为这不外乎又是一个该死的行善计划，和援助坦桑尼亚一样。一九九四年，政府派出调查小组。当时有几个计划受到关注，但首先受到调查的计划之一便是迈诺斯。"

"结果温纳斯壮无法说明资金的用途。"

"根本说不清楚。他作了一份漂亮的报告，显示投入迈诺斯的金额约为五千四百万克朗。但后来发现波兰先前遗留下太多庞大的管理问题，现代包装产业在当地实在无法运作。事实上他们的工厂因不敌德国提出的类似计划而一败涂地，德国人正铆足全力想买下整个东欧联盟。"

"你刚才说他拿了六千万克朗。"

"没错，这笔钱成了无息贷款。最初当然认为这些公司会在几年内分期偿还部分金额，但迈诺斯经营失败却怪不得温纳斯壮。因为有政府的保证，免除了温纳斯壮的责任，他只需归还迈诺斯破产时亏损的钱，而且他还可以证明自己也损失了一笔数目相当的钱。"

"你听听看我理解得对不对。政府提供数十亿的人民纳税钱，外交官负责打通门路，企业家拿了钱加入合资，事后获得暴利。换句话说，就是生意嘛！"

"你太愤世嫉俗了。贷款是得还给政府的。"

"你说过是无息贷款，也就是说纳税人缴了钱却什么也得不到。温纳斯壮拿到六千万，投资了五千四百万，那另外的六百万呢？"

"当政府表明将着手调查AIA计划时，温纳斯壮开了一张六百万的支票给AIA弥补差额。所以事情就解决了，至少法律问题解决了。"

"听起来温纳斯壮似乎让AIA亏损了点钱，但比起斯堪雅凭空消失的五亿，或艾波比总裁领取超过十亿克朗的黄金降落伞补偿金之类实在很令人气愤的事，这好像不太值得报道。"布隆维斯特说道："现在的读者已经十分厌倦关于能力不足的投机商的报道，即使牵涉到公款也一样。还有没有什么内幕？"

"还多着呢！"

"温纳斯壮在波兰的这些交易，你是怎么知道的？"

"九十年代我在瑞典商业银行工作。你猜猜看，给AIA的银行报告是谁写的？"

"原来如此。继续说。"

"AIA拿到温纳斯壮的报告，拟了文件，钱的缺口补齐了。缴回那六百万是很聪明的做法。"

"说重点。"

"可是，亲爱的老兄，这就是重点。AIA对温纳斯壮的报告很满意。一项投资完蛋了，却没有人对管理方式提出批评。我们看过发票、转账单和一大堆单据，所有东西都整理得仔仔细细、清清楚楚。我相信，我老板相信，AIA相信，政府便无话可说。"

"那有何不妥呢？"

"这正是整个事情棘手之处。"林柏审慎认真的神情颇令人吃惊。"因为你是记者，这些全都不能公开。"

"少来了，你总不能透露所有事情后又不许我用。"

"我当然可以。我到目前所说的都是公开数据，你大可以自己去查报告。剩下我还没说的部分，你可以写，但我得是匿名消息来源。"

"没问题，不过在现代语汇中，'不能公开'代表我私下得知某事却不能写。"

"去你的现代语汇。你想写什么就写什么，只不过我是你的匿名来源。同意吗？"

"当然。"布隆维斯特说。

事后回想起来，当时不该答应的。

■更多精彩详见原小说

谨以此文献给1980年后出生的兄弟姐妹们。

7

　　由于秦川的存在，我对什么青梅竹马、两小无猜这样的词从来没有过美好的感觉。长大后，当秦川以一副完全可以遮蔽他幼时罪恶的面孔出现时，我的很多朋友都会叫着说："真好啊！你们一起长大！多浪漫啊！"，每每这时，我都望天不语，欲哭无泪。

　　浪漫？

　　被揍得灰头土脸浪漫吗！被追着满胡同跑浪漫吗！被抢走冰棍浪漫吗！被弄坏洋娃娃浪漫吗！被揪散小辫儿浪漫吗！被抢走好不容易从沙堆里挖出的胶泥浪漫吗？被推一个大马趴摔掉一颗门牙浪漫吗！被从小到大各种欺负浪漫吗？

　　秦川是我们这片儿的小霸王，他就是西游记里的黄毛风怪，是机器猫里的大胖，是刺猬索尼可里的蛋头博士，是恐龙特急克塞号里的格德米斯，是七龙珠里的魔人布欧，是蓝精灵里的格格巫，是圣斗士里雅典娜的敌人们，是我能想到所有坏蛋的集合，是我成长中最大的烦恼，是我一直想代表月亮消灭掉的人……

在我年幼无知的时候，我曾经还管他叫过川子哥，从我会说话开始，到我不再大舌头为止。在我心里，只有小船哥那样的男孩才算是哥，秦川如果是哥，那哥就真的是传说了。这肯定是我们胡同里的小孩的共识，因为大家基本都被秦川欺负过。家长带着哭哭啼啼的孩子上秦川家兴师问罪，姚阿姨使劲给人家赔不是，送吃送喝把人哄走，是我们院的一景，隔三差五就会repeat一遍。我也向我爸我妈告过秦川的状，可因为是天天见的邻居，抹不开情面，我爸觉得又是孩子闹着玩的事，没必要上门说去。我妈干脆将之上升为阶级矛盾，狠狠的叮嘱我，说秦川他们一家子都是不读书、不好好学习的人，让我少跟秦川玩。

可我倒没觉得秦川家不好，除了秦川，他们家每一个人我都喜欢。秦奶奶热心肠，下水不通啦，水龙头坏啦，房上油毡漏雨啦，院里的事都靠她张罗。秦叔叔每回从广东回来都给我带有趣的小玩意，姚阿姨总给我好吃的，给秦川秦茜买冰棍时，肯定少不了给我也买一根。所以我也不长记性，头天刚被秦川推水坑里沾一裤腿泥哭着回家，第二天他跑到我家窗根下喊："谢乔，出来玩！"我就又应声而出了。

那是一宿觉就能解决恩怨的年纪，不像长大后，爱呀恨呀，要用一辈子来消化。

所以虽然我无比的讨厌秦川，但是和他一起上学那天，我还是挺高兴的。

我们俩是一年级的小豆包，一打一蹦高。老师、同学、桌椅板凳、黑板国旗课程表，刚进学校什么都新鲜。可这些都不是我最大的兴趣，我来上学是为了能见到小船哥的。

那天中午我就看到他了，他站在他们班讲台前，正带领同学们做眼保健操。小船哥站的笔直，从第一节挤按摩睛明穴到最后一节干洗脸，他都随着一二三四五六七八的节奏做得一板一眼的，所有的学生里，数他最认真。

我的小船哥，即使在这么多人中间，还是最棒的一个，我内心不由骄傲着。正这么想的时候，陪我一起来的秦川突然哼了一声说："真没意思啊！"

"啊？"我纳闷地看着摇头晃脑的他。

"所有人都齐刷刷的，每天上学就干和大家一样的事儿，没劲！"秦川似乎一分钟也不想多待，说完就扭头走了。

8

秦川从小就这样，他什么都不觉得好，但又说不出什么是好的来。而我呢，什么都不觉得不好，但也同样说不出什么是好的。

他对上学的厌恶很快就付诸行动，一年级他不认真听讲，二年级他搞小动作，到了三年级，他就逃课了。

那天我们班主任李老师找到他的时候，他正在学校院子里的小圆槐下面用冰棍棍挖蚯蚓玩。

"秦川！你起立！"面对只是抬头看了她一眼，依然无动于衷的秦川，李老师又着腰生气地喊。

蚯蚓已经爬上冰棍棍了，秦川不舍得放手，看了看李老师说："待会儿。"

李老师从没被这么忤逆过，足足愣了半分钟才反应过来，她气冲冲的一把拎起秦川说："有你这样跟老师说话的吗？你站好了！"

秦川幽幽叹了口气，他把蚯蚓举到李老师面前说："给你一根还不行么！"

这条只剩半截身体的蚯蚓彻底引爆了李老师的小宇宙，她把秦川拉回教室当成错误典型一通批评教育，我至今仍记得她用了很长很长的排比句：秦川是个不折不扣的坏孩子，因为他不听老师的话不学好，所以他长大后也许会成为小偷，流氓，强盗，无赖，成为祖国的蛀虫，成为一个一无是处的人。

全班同学都被李老师慷慨激昂的发言震慑住了，他们坚信秦川不会是个好人了，虽然他还没怎么特别欺负过这个班级里任意一个人，但他们似乎都比我还讨厌他。坐在我身旁的班长使劲喘着粗气，要不是必须手背后坐好，我甚至怀疑她会冲上去跟着老师一起痛诉秦川。尽管我笃定秦川很可恶，但却没觉得他应该被这么多人痛恨，何况他只不过邀请老师一起玩蚯蚓而已。估计秦川自己也是这么想的，因此他一直在李老师的唾沫星子里巍然而立，傲视全班，威武不屈。

这次算是把李老师气着了，光在课堂上批评教育是不够的，她决定要把对秦川的批评教育贯彻到家庭里面去。李老师知道秦川的姐姐秦茜也在这里上学，也知道我和他们住一个院，就让我去把秦茜叫来。可我去四年级找了一圈也没找到她，连小船哥都没见着。没办法我只能先回老师办公室汇报，推开门才发现，不用找了，秦茜、秦川、小船哥全都在办公室里站着。但是，秦茜不是为秦川来的，她抄小船哥的作业，被她们班主任发现了，也正挨批呢。

于是李老师又多了一个新判定，秦茜也不是好孩子，她肯定拯救不了她弟弟了。最终这艰巨的任务落在了我和小船哥的头上，李老师派我们去他们家告状。

我们四个人神色凝重地一起从学校出来，秦茜尴尬的咳嗽了两声说："小船……"

小船哥没等她开口，就打断她说："下次你别赶在上课之前抄作业了，晚上咱们一块做作业吧！"

"行，行呀！"秦茜一下子欢欣鼓舞起来，她知道小船哥是不会把今天的事告诉姚阿姨了。

一边的秦川也跟着美得屁颠屁颠的，既然小船哥都不会告状，他就根本不把我放在眼里了。其实我本来想借机参秦川一本的，但是小船哥都表了态，我也不能太不仗义。可看着秦川那样子，我实在牙根痒痒，不由拉住他说："喂，你给我买根冰棍去。"

"啊？"秦川纳闷地看着我。

"买冰棍我就不说！"我翻着眼睛说。

"谢乔，你讹我是吧？"秦川揪住我的小黄帽说。

"乔乔想吃冰棍，你给她买一根去呗。"秦茜打掉秦川的手说。

"哼。"秦川不甘心地放开挤眉弄眼的我说，"只买冰胡啊！"

"我要吃紫雪糕！"我大声说。

"你……"秦川眼睛又竖起来。

秦茜喊住他："我也要紫雪糕，小船你吃吗？"

小船哥摇了摇头说："我不要。"

"那买三根，你快去吧！赶紧的，回来咱们玩踢锅。"秦茜支使秦川。

"哦。"秦川不情不愿地往小卖部走去。他不怕他妈不怕他爸，从小就怕他姐。别看秦茜长得跟洋娃娃似的，动起手来毫不示弱，幼年时期我曾经看过她一脚踹飞秦川，动作干净利落，完全是个女侠。他们家大概按武力论资排辈，反正秦川在她姐面前老实得像只小白兔。

"你等着！"走过我身边时，秦川还不忘威胁我一下。

"你们去玩吧，我不去了。"小船哥颠了颠肩膀上的书包说。

"啊？你又不去呀？"我失望地说，小船哥那段时间总一个人行动，神秘兮兮的。

"嗯，你别给秦川告状了啊。"小船哥笑眯眯地嘱咐我，又转过头对秦茜说，"吃完饭咱们就写作业吧，不会的我教你。"

"哦。"秦茜一听写作业也蔫了。

小船哥一个人从胡同小口走了出去，那不是回家的路，不通往学校也不通往将军爷爷家。

他到底要去哪儿呢？

我疑惑的看着他地背影，怎么也想不出来。

9

玩踢锅时，我跟秦川分在了一拨。

跟他一拨儿一点好处没有，他才不会向着我呢，只要和我有关，他就会对着干，完全不分敌我。所以从在地上画线开始，他就挑我毛病，踢不到秦茜扔出的回旋包，也全都怪在我头上了。

"再踢不着就不带你玩儿了啊！"

当我再次站在白线画的锅前，秦川在一旁凶巴巴的喊道。

秦茜笑眯眯地来回捣鼓着沙包，我眼睛一刻不离，盯着她到底往左扔还是往右扔，汗都快流下来了。

"谢乔，你看好了啊！"

就在秦川指手画脚的时候，秦茜朝左边扔出了包，受秦川影响，我的身子已经右倾了，又忙挣扎着往左踢去，中间派果然站不稳当，包是踢到了，但没踢出去多远，反倒是鞋高高甩到了旁边的平房上。

那时我们女生穿的是那种脚背上一条宽松紧带的小白布鞋，又便宜又结实，就是不太牢靠，经常玩着玩着就掉。鞋飞出去，我只能在原地单腿蹦着，秦川毫无同情心地哈哈大笑，被秦茜一巴掌拍在后脑勺上："笑什么呀，快去将军爷爷家借梯子！"

住胡同的小孩上房够包、够球、够毽子那是家常便饭，将军爷爷家养花，有个木头梯子，我们就经常去找他借。没一会儿，一群小孩热热闹闹地搬来了梯子，鞋掉在了辛原哥家的房上，秦川像只猴子一样爬了上去。要是往常，他拣了我的鞋一定还要在上面耀武扬威一番，假装要给我又不给，看我急得要哭他才过瘾。可那天他上了房就没了动静，也不知看见了什么，攥着我的鞋探头探脑朝院子里望着。

"秦川，你干吗呢！快下来！"我单腿蹦着，没好气地喊他。

秦川回过头，朝我"嘘"了一声示意我不要说话，然后使劲摆手，叫我也上去。

好奇心战胜一切，我也顾不得脏了，光着一只脚就爬上了梯子，秦川拉住我向下指，于是我也看到了，辛原哥正往他养的信鸽小白腿上绑纸条呢。

辛原哥不爱和人打交道，但是他特别喜欢鸽子，早几年他自己在院子里搭起了笼子，养了一群信鸽。他养的鸽子是我们这片最好的，让飞就飞，让落就落，要是放鸽子时遇见别的鸽群叉了盘儿，他只要拿着挂红布的鸽子竿指挥几下，他那群鸽子就能从别的鸽群里飞出来，而且每回都能带回一两只。连胡同里老的鸽子把式都夸辛原哥会调教。这群信鸽里，小白是他最喜欢的，白羽短嘴，特别漂亮，我以前常见他抱起小白摩挲，但他往鸽子腿上绑东西是第一次。

我和秦川正看着，院里北屋门开了，秦奶奶走了出来，她一眼就看见我们俩在房顶上站着，拿着笤帚疙瘩指着我们喊："川子！你又带乔乔上房！都给我下来！"

秦奶奶一嗓子吓得秦川踩碎了一片瓦，我慌慌张张的拿起鞋穿上，这时辛原哥抬起了头，他看了看我们，什么也没说，只是一撒手，高高抛起了小白。小白带着一群鸽子，扑拉拉地从我和秦川身边飞过，我们呆呆地站在房上，而辛原哥一转身就回了屋。

10

那天晚上，在万人空巷看《包青天》的时候，我和秦川不约而同偷偷溜到了辛原哥的鸽子笼前。

"你……你来干吗？"秦川结结巴巴的诘问我。

"我还想问你呢！"我毫不示弱的说。

我们俩大眼瞪小眼的站着，谁也不先动一步。屋里的电视里已经响起"昨日像那东流水，离我远去不可留"的音乐了，我心痒痒想知道小白腿上到底绑了什么，又着急回去看展护卫。可秦川却没有一点要走的意思，还气我似的哼着"昨日你家发大水，你爸变成老乌龟"。

我实在熬不住，拍了拍秦川说："哎，你也来看小白吧？咱俩拉钩上吊，不许让辛原哥知道！"

"一百年不许骗人！"估计秦川也憋坏了，他痛快地跟我拉了钩，迅速打开鸽子笼的小插销，把小白抱了出来。

小白很听话，既没"咕咕"叫，也没乱扑腾，我就着月光，把绑在它右腿上的小纸筒拿了下来，里面有张纸条。

"写了什么？"秦川问我。

"哥，我……"

"快念呀！"

"这字不认识！……我'什么'钱把东西买齐了，你回来了，这些都给你。"我压低声音念。

现在想想，我们不认得的字应该是"攒"，辛原哥从那时起就在过另一种人生了。可那会儿我和秦川什么都不懂，只是呆呆地站着，晚风吹过，我们一人打了一个激灵，就匆匆忙忙回家了。但我们都明白，那个自打我们出生就没在院子里出现过的辛伟哥，其实并没远离这儿。我想小白一定是他们之间的信使，辛原哥在和他联系着，兴许有一天，辛伟哥就推开院门回来了。

至于小白是怎么找到辛伟哥的，我不知道。我想偷偷去问小船哥，他一定什么都知道。可转念一想，也不行，我是和秦川拉了钩的，说话不算数不好，他发现又要揍我一顿了。

就在我一直犹豫到底要不要跟小船哥说的时候，小船哥自己就知道这事了。

因为小白死了。

那天傍晚，辛原哥一直在房上招鸽子，平时他只要晃一会竹竿，鸽子就全回来了，可是那天他在房上站了很久很久，听他奶奶说，所有的鸽子都回来了，甚至带回了别人家的，可就是没有小白。

在我记忆中关于辛原哥最深刻的印象就是在那天留下的，北京灰暗的夜色里，瘦弱的他望着天空不停地挥动着竹竿，有种悲怆的执著。慢慢的，他的眼神散了，整个人都不如竹竿上拴得那块红布鲜艳有活气。

找到小白是在第二天早上。是何叔叔去倒土时发现的，我们院的人都过去看了，秦茜和我还哭了。小白是被人故意打死的，翅膀被剪断了，丢在墨绿色的铁皮垃圾桶里，白色的羽毛上沾染了灰，脏兮兮的。辛原哥写给辛伟哥的纸条被抽了出来，用图钉钉在了它的身上。

辛原哥小心翼翼地把小白从垃圾桶里拣出来，仿佛它还活着，会歪着头看着我们，咕咕地叫。辛原哥将它捧在怀里，一言不发转身往回走，路过我和秦川时，他微微停了一下，我以为他会骂我们的，因为只有我们知道小白的秘密，可是他没有，就那么默默的走了。

可这事不是我们干的，我和秦川红了眼，疯了一样的四处找凶手。秦川甚至和隔壁胡同的孩子打了一架，我还帮了忙，往那小孩的眼睛里攘了一把沙子。但还是没用，我们两个小屁孩没能找到一点凶手的影子，反倒因为打架的事分别挨了一顿板子。

那几天我才慢慢知道，辛原哥一直是被欺负的。他不像我，只被秦川一个人欺负。他被很多很多人欺负，有大人，有小孩，有同学，还有老师。虽然是辛伟哥犯了错，但是在赎罪的却是他弟弟。

我为辛原哥难受，也为小白难受，使劲大哭了一场。后来我和秦川一起叠了一只白色的纸鹤，悄悄放在原来小白的笼子里。可那纸鹤也没了，辛原哥把所有家伙什都送给了别人，他再也不养鸽子了。

11

没有了鸽子声的院子静悄悄的，小船哥早出晚归的脚步声就愈加清晰起来。

我问过小船哥，他到底去了哪里，可他只是笑了笑，并没回答我。晚上睡觉时，我偷偷地想，没准小船哥是拥有神秘力量的战士，和秦川这种坏小子不一样，他可以变身，会用长剑，穿着七彩铠甲，是能降服怪兽的圣斗士。他有要保护的公主，而那个公主没准就是我。做着这样的美梦，我真是睡觉都会笑出声来，院子里的猫大老黄看不下去，总在我屋上逮耗子，不把我吵醒不罢休。

那天放学，眼见小船哥拐向胡同另一头，我又在幻想自己是雅典娜了。正当我把小船哥代入处女座沙加的模样时，秦川用排路队的路旗一棍子打到我头上，这是他的老招数，我转身就用"让"字路牌回击，他跳开一步，神秘兮兮地说："我知道小船哥去哪儿了！你来不来看？"

我顿住，连忙乖巧的使劲点头，如果有尾巴，肯定会欢快的摇晃起来。

"一袋粘牙糖！两块金币巧克力！"秦川丝毫不被我的谄媚迷惑，马上开始提条件。

"行！"我无奈，咬牙切齿的答应。

我守着秦川，眼睁睁地看他吃完一袋粘牙糖，两块巧克力。他格外可恶，吃得慢条斯理，嬉笑着看我在一旁坐立不安，抓耳挠腮，戏耍够了才小声在我耳边说："小船哥去吴大小姐家了。"

"不可能！"我尖叫，一把揪住他说，"臭骗子！还我粘牙糖！还我巧克力！"

秦川仰起头说："不信现在就去看！"

"走就走！见不着小船哥，你等着瞧！"我气恼地说。

说秦川骗人，是因为谁都知道，我们这儿的小孩是不可能去吴大小姐家的。

按理说，我们都应该管吴大小姐叫奶奶，她年纪和将军爷爷差不多大，是位老太太。可是，我们胡同里的人背地里都叫她吴大小姐，几代人下来，就这么称呼惯了。

吴大小姐家里很有来头，她爷爷是天津著名的盐商，当年家财万贯，在京津两地都赫赫有名。她爸爸是家里的老四，常年北京打理家族生意，我们胡同里的这处宅子，就是他在北京的府邸。不过据说在天津，他有大房太太的，这里只是外宅。吴大小姐的妈妈原是在长安戏院里唱戏的青衣，被吴四爷纳入门后，只生养了这一位小姐，虽然比不得天津本家的小姐们富贵，但也自是百般疼爱。

当年的吴大小姐风姿绰约，既有大家闺秀的规矩，端庄温婉，又念了新式的教会学校，懂洋文有见地。就像是夜光杯中的美酒，即便藏在巷子里，也闻香诱人。

彼时将军爷爷是天津警备司令部陈长捷手下的少将参谋长，与吴家素有往来。有人说他是在吴四爷的宴席上遇见了吴大小姐。也有人说是他的车在胡同里，刮上了载吴大小姐放学的黄包车。还有新鲜的，说吴大小姐爱听戏，将军爷爷请了程砚秋来唱堂会，生生把吴大小姐从深宅大院里给唱了出来。不管怎么个说法，反正这两个人相遇了。一位是戎马仗剑的翩翩少年，一位是百媚动人的卿卿佳人，就如那唱本戏词里的故事，一见钟情，二见倾心，暗许了终身。

那时正是解放战争末期，天津吃紧，吴四爷说要回家看看，临走嘱咐爱妾万事小心，那边安顿好就接她们母女俩一起走，可他这一去便再没回来。将军爷爷是守城的将士自是飞脱不了。城在他在，她在他在。吴大小姐是定了心思的，她哪儿都不去，只跟着他，在有他的地方。

而后国军节节败退，天津北京相继解放，将军爷爷作为战犯被关进了秦城监狱。进入新社会，一切大不相同，有人劝吴大小姐不如趁着年轻找个工农兵子弟赶紧嫁了，可她却死拧。既然月亮下面立誓说好了要等那个人，那么五年是等，十年也是等，年轻要等，年老也要等。

女人大概天生擅长等，可流光最易把人抛，红了樱桃，绿了芭蕉，转眼竟是十几年。公私合营了，原先家里的店面都变成了花花绿绿的股票；大跃进了，家里的铜鼎铁锅都给了出去；三年自然灾害，饿急了扶着老母亲去院子里挖野菜根吃。吴大小姐日日数着，捱过来春夏秋冬，秦城监狱里一批批放出的名单上终于有了将军爷爷的名字。

被放出来那天，将军爷爷一早就到了吴大小姐家门口。那时的她已不再是月白衫蓝布裙的女学生，也不再是溜肩滚边旗袍的大小姐，她只是穿着灰绿色的工装的泯然众人，可将军爷爷见了她却激动得不能自持，七尺男儿当众竟哭出了声。

后来我想，那段时间大概是吴大小姐一生中最快乐的日子，她等来她的良人，她绣了大红的被面，她等着携那人的手去中国照相馆照张照片，盖上大红的喜字，然后在这小胡同里过尽平安喜乐的日子。

可是只差一点点却还是来不及，文化大革命来了，她的婚事没了。

先出事的是将军爷爷，他很快被打倒了，胸前挂着"反动军官"的牌子被人按到灯花小学的操场台子上没日没夜的批斗。那时吴大小姐根本见不到将军爷爷，她先还四处奔走打听，人什么时候能放出来，却不知紧跟着她也陷入泥沼。

那是人人兽变的年代，专有人揭了疮疤，说吴家老太太是青楼戏子，是旧社会余孽，又扯住吴家大地主大资本家的身世一通穷追猛打。吴大小姐家的四合院很快被人占了，只把她们赶到西面一间小屋里住。那些红卫兵只要想起来，就到家里来揪人，吴老太太一把年纪，被斗了三天，一口气没上来就过去了。吴大小姐悲愤交加，可这还不算完，刚匆匆忙忙办完她妈妈的后事，她与将军爷爷的事又被人摆上了台面。

两家早都被抄了家，几封仅存未烧的书信被翻出来，逼着两人念。有及家国的，都被说成是一心等着蒋介石来反攻大陆。有及私情的，都被说成是不堪的男盗女娼。

烈日下，将军爷爷被剃了阴阳头，吴大小姐脖子上绑了一圈破鞋，两人弯腰站着，细数对方"罪行"。起初两人都说些不咸不淡的话，可那些人并不放过他们，硬逼着让他们撩狠话，划界限。

　　"他说过，就算这仗打不赢，共产党也坐不稳天下！"

　　"她说过，北京待不下去了，要和我一起潜逃去台湾！"

　　"他开过枪，打伤过革命群众！"

　　"她爸爸卷了人民的钱，跑到台湾去孝敬蒋介石！"

　　"他对国民党反动派忠心耿耿，贼心不死！"

　　"她不是在等我，不是想嫁我，她是怀念过去的娇小姐生活！"

　　……

　　两人话越说越绝，就像诅咒似的在天空中打下一个个响雷。那天终是下了一场大雨，革命小将们听高兴了，满足了，就放过他们走了。雨中只剩下没有魂魄的将军爷爷和吴大小姐，雨越下越大，情分却越来越少，两个人都灰透了心。

　　后来将军爷爷被下放改造，吴大小姐被调去干工厂里最累最苦的活。等两人分别被平反时，已经又过了十来年。统战部给将军爷爷安排住处，将军爷爷就选了我们这条胡同。有人说看见过夜半时分，将军爷爷站在吴大小姐窗根前。可是吴大小姐再没同他讲过话，虽然住着相隔不过百米，但他们俩是老死不相往来的。

12

　　平日里我们这些跟将军爷爷好的小孩，自然不会去理吴大小姐，所以我才不信小船哥会在那里呢。

　　一路拌着嘴，我和秦川绕到吴大小姐家院前，暗红色的大门虚掩着，门前方形的抱鼓石有一角已经被砸掉了，常年在阴影里，长着青灰色的霉斑。我不自觉地有点怕这个小院，时光太久，不知里面装了什么样的光怪陆离。秦川是男孩子，到底比我胆大些，先一步走了进去。我跟着他躲在影壁后面，探头探脑地往里面看。

　　院子里搭了葡萄架，未到时节，没有鲜艳的果子。葡萄架下是圆石桌和圆石墩，石桌上摆着一个收音机，正"咿咿呀呀"地放着京剧，吴大小姐立在一旁，她虽已是满头白发的老人，但却仍有着不凡的气度，头上戴着黑色的细丝发籍，向后拢起鬓发，身上穿一件驼色的开司米对襟罩衫，下身是深蓝色的裤子，模样十分齐整，和我们院里的老太太们大不相同。

胡琴声响起，她便开腔哼唱：

"对镜容光惊瘦减，

万恨千愁上眉尖；

盟山誓海防中变，

薄命红颜只怨天；

盼尽音书如断线，

兰闺独坐日如年！"

吴大小姐身段漂亮，字正腔圆，我听着有趣，往前多探了半个身子，却被她眼风扫到，冲外喊："谁在哪儿呀？"

我和秦川吓得不行，正转身要逃，却被熟悉的声音喊了回来。

"乔乔？川子？你们俩怎么来了？"

小船哥拿着扫地笤帚走了出来，见是我们，也大吃一惊。

"她非要来找你！"

秦川先把事都往我身上赖，我忙也指着他告状："小船哥，是他跟踪你来的！"

"我没跟踪！是碰巧遇见的！"秦川急着解释，"你要是不想来，我才不愿意进这个院呢！"

"那就出去！"吴大小姐关上收音机发了话。

我们都静下来，谁也不敢吵嘴了。

"吴奶奶，他们都是我们院的小孩，是来找我的。"小船哥说。

吴大小姐轻哼了一声收拾起东西转身回了屋，她门前挂了一条竹帘子，"啪"一声响，就把我们搁在了外边。

"你怎么敢来她这儿呀！"秦川松了口气，拉住小船哥问。

"我们班组织照顾街道上的孤寡老人，谁也不愿来这院，我就来了。"小船哥放下笤帚说。

"嘻！刚才吓死我了。"我拍着胸口说，"小船哥，你来这可别让将军爷爷知道，不然他肯定不让你浇花，也不借给你梯子了。"

小船哥笑着摇摇头说，我拉着他刚要细说话，吴大小姐在屋里却叫起小船哥的名字。

"筱舟，进来吃点心！"

听见有点心，我和秦川都犯了馋，小船哥叫我们一起去，馋虫战胜敬畏，我们战战兢兢地跟着他走进了屋里。

吴大小姐家里倒和我们家没什么不同，家具有黄漆的，也有黑木的，并不成套，写字台上养着一盆君子兰，玻璃板下压着几张黑白照片，有她自己的小像，还有一位慈眉善目的老太太，五屉柜上摆放一个孔雀蓝的花瓶，那是屋里最好看的物件，里面插着鸡毛掸子，旁边那台14寸的黑白电视机，比我家里的还要小呢。

床边上有个小木桌，上面摆了一盘点心，里面有牛舌饼，蜜三刀，还有我最爱吃的萨其马。还有三个画着梅花的瓷杯，看着像一套的，里面冲着浓香的麦乳精。

可见，吴大小姐虽然只喊了小船哥一人，但点心却准备了三份。我忽地开心起来，知道她其实并不讨厌我和秦川。

那天我们吃完点心就回了家，以后小船哥再来打扫院子时，我和秦川就吵嚷着一起来，这瞒不住秦茜，很快她也摸上了门。

有了我们，吴大小姐的小院霎时热闹起来。我搞不清将军爷爷知不知道这件事，反正他还让我们去浇花，摘他家的柿子和大枣。我们与将军爷爷好，也与吴大小姐好，虽然他们俩仍不要好。

私
信笺

对TA说

【玲珑心对小木】说：

今天在校内上看到你说你工作签回西安了，我便再也无法平静。高中毕业后你去了南方，而我固执地留在北方。你每一次离开，每一次归来，都要途径的城市。

或许我在心底暗自期待着和你偶然重逢，或许我只是想捕捉一丝微渺的你的气息。

何其幸运，以后能生活在有你的城市。

年少时的我是个沉默得有些冷酷的女孩，内心疯狂的对你的迷恋令自己感到害怕，羞耻和无措，以将整个人整个心埋在书本里的方式逃避着。而我何曾想到，对你的痴恋是自己所不了解的广阔无边，我穷尽一生也许都无法走出。

依然记得你的笑脸，那张在我郁郁寡欢，思念灼烧着灵魂的夜晚眼前浮现出的温暖，清晰，不可触摸的笑脸。不知不觉中，已经成了个波澜不惊甚或麻木的人。只是再怎样的麻木，想起你的时候，心仍然会被丝丝缕缕的疼痛所缠绕……这么长时间了，我还是忘不掉你。或许想念你，已经是我在岁月无尽的变迁中认取自己身份的唯一证据了。

而如今我坚信我们终有一天会重逢的，我热烈的期待着那一天：当我一无所有的站在你面前，你的一个温暖眼神就会使我丰盈。

【Audrey对TA】说：

你给了我最感动的三个字——我等你。你总是愿意等我，而等待我的时间总被我无限地拉长，从一分钟到一小时，一天，一星期，慢慢演变成一个月，一年。现在三年又三年已经过去了，你却还在那里等着我，等着我回到这个国土，这个家，回到你怀抱里。而我却只能对你——对不起和谢谢你，请再等我三年。

【Aviva 对TA】说：

在最美的时光里我记得，那是我第一次得小红花时，额头上戳着的小红点，吃着雪糕的开心样。那是我躲在草丛间捉蝴蝶，扑空的窘样。我还记得，抽屉里泛黄的贺卡和信封如今已堆得老高，那里裹有曾经温暖过我的文字；我还记得，箱子里小时候的花裙子如今已很小很小，那里裹有我最初的天真美好；我还记得，童话里执著的小狐狸如今还在等待，那里裹有她对小王子深深的眷恋。我迷恋着曾经的那些美丽时光，就像飞蛾迷恋着火，毛毛虫迷恋着青菜叶。可是，时光抛下了我，红了樱桃，绿了芭蕉。如今的我还迷恋着过去，却已没有了你。

【猪头乐对岩】说：

我们的感情没有善终，自从被你通知分手后，虽然相遇过，却再没听过你的声音。是我不够成熟，不知道怎样爱你，不知道你心的方向？还是你不够成熟，没耐心等我长大，没耐心教我学会去爱？但也正是你，让我一夜长大。

爱过，害怕过，逃避过，失去过，挽留过；恨过，抱怨过，疑问过，面对过，成长了。最终，只想感谢你，让我知道爱上一个人的感受，让我学会爱。希望毕业前能再听你说，猪头乐，我们还是朋友。

【灰灰对三未】说：

我不知道是不是每个人都会遇到这样一个人，他和你没有任何血缘或亲戚关系，你们从小一起长大，尽管身高、五官都大不相同，但是，看到他，你就像照镜子一样看到了自己的过去。

对我而言，你就是这样一个人。

你的小学生活被无数不及格的数学试卷和我一再讲解后你仍旧不懂而发的牢骚包围着。相同的衣服，鲜艳的红领巾，我们手拉手，走过了童年。

你的求学之路曲曲折折。至今，我仍是学生，而你早在社会中摸爬滚打两年，并以一月一换的频率跳着槽。你稚气的脸上已不再是单纯。

我不在乎你在社会的洗涤下有了怎样的质变，我清楚而肯定地知道，你对我始终给予亲人的真诚，你会在我生病的时候嘘寒问暖，在我困难的时候伸出援手。

更多时候，我感觉你是走在另一条人生路上的我，一个咧着缺牙的嘴站在工地上傻笑的我，一个拿着不及格试卷低头挨批的我，一个艰难完成学业受人嘲讽的我，一个因自卑不敢表白只能悄悄暗恋的我，一个提早步入社会茫然无措的我……默默地漂泊在那个叫城市的地方，寻找那片属于自己的天空；迅速穿过青色的年华，努力拼搏着；勇敢推开职场的玻璃门，发现梦想和现实只有一墙之隔。

我们总会坐在一起讲着过去的事，我从来不觉得回忆是老去的象征，反而觉得这是对未来的期待。我们想要找个好工作，想要赚很多钱，想要有个安定的生活……我们想要的还很多，很多。

我们相信会有美好的生活。从过去，到现在，直至未来。已经习惯了有你的日子，觉得温暖且安心。从很小开始，我们就像两条互相缠绕的藤，越长越长，越缠越紧，终于合为一体，分不清彼此，逐渐地，伸向漫长的岁月……

【Y对TA】说:

几年来,我每天必做的三件事:等时光倒流,等我忘了你,或者等你爱上我。

【晴菜对TA】说:

你永远不会知道,我是在做了多少的心理准备后,才敢拨通出那个电话。你永远不会知道,当你温柔地说出那个号码,我是有多感动。你永远不会知道,你说《山楂树之恋》很感人,我半夜爬起来网购。你永远不会知道,其实我都知道,知道你的心里只有她。知道你为了她,特意飞回日本,用你的人,为她铺路,为她拿下了那个广告。知道从不看小说的你,因为她,去看《山楂树之恋》。太多的"你永远不会知道"和"我知道"。原来,就算是星星,也是耀眼的。

【筱立夏对TA】说:

塔塔,我想告诉你,越人歌和她同学其实是一个人。只是以两个不同身份存在于你的好友里。为了保护你的心,她决定让其中一个淡出你的记忆。如果,你偶然发现真相,请,原谅越人歌不自然的white lie.很感谢你一直当越人歌的"垃圾桶"。

信笺

【 小王子L写给曾经的自己 】的信笺
——记忆中的那些个小小的自己

　　最近送亲戚家的小孩儿去上学，自己儿时的记忆突然清晰起来。那时4岁的我吵着要上学，偏僻的乡下只有一所学校，一栋历史悠久的在我心目中那是我小时见过的最高楼，四层的水泥楼。一楼四个教室，一个班，八十多个人，三个人使用一张课桌，三八线画的很清楚，毕竟桌子太短，课间熙熙攘攘，过道很窄，黑色涂料刷的黑板。整个学校一个公共厕所，每年都有学生掉进去，听说掉进厕所淹死的也有过。就在那里开始了我的学生生涯，我是喜欢学校的吧，无法想象每天走一个多小时的路程去上学，记忆中没有痛苦，更多的记得路旁的槐花树开着白色的花。

想来最近新闻里的关于上学路的新闻，观众都会唏嘘，一个个小小的孩子走几个小时的路程去学校，多么的让人心疼。想来，观众是生活条件优越的家庭吧，可是大家都忽略了，孩子们走在路上唱着歌，笑着，他们并未觉得辛苦，人们习惯于比较，城里的孩子有校车，有父母接送，比较过后，就觉得不公平，觉得都是孩子为什么境遇不同。小小的农村孩子没有那么多的想法，他们也许更不知道，原来学校应该用校车接送我们的。这些都是你们的想法，你们能改变他们的什么，为他们解决上学的路程，可是他们的人生呢？人生的路途上，他们从出身就已经落后于众多城市孩子了，你们改变学校的路程，想要公平，世上有绝对的公平么？那路程是一种试炼，他们必须度过的旅程。那时的我也如此，没有觉得可怜辛苦，最近在各种的报道中，才发现，哦，多么的不公平啊，凭什么我就要走几个小时去上学！全当这是笑话吧。

11岁到县里读初中，我想在这里最感谢的应该是我的父亲，我的成绩当时虽在乡里还算排得上名次，可是在县里根本是不值一提，我的父亲还是送我进县里上初中，对我的期望很大。第一次觉得自卑，乡里的孩子进城，普通话不标准，其貌不扬，什么都是"土"！学习也有些跟不上，尤其是英语，一窍不通，而其他人早在五年级就开始有英语课，还上过各种英语培训班。初中男生，更多的话题是关于女生的，那时奇怪的我，是他们开玩笑的对象，我不吵不闹，我无法改变我的口音，我给他们的印象。自卑笼罩了我整整初中三年。

14岁初三毕业，进入高一。"没有丑女人只有懒女人！"第一次听到这句话，是初中的一个女生对我说的。初三的暑假我开始改变，进入高中，仿佛我已经是个城里女生，和其他的孩子一般，追逐潮流，谈论着共同的话题，侃侃而谈，没有人察觉，这个人的出身是农村。断了与初中同学的一切联系，试图埋葬过去。努力地融入，这让我的高中生活顺利，认识了朋友，可以一辈子朋友的人，她们教会了我宽容，爱！最后我终于可以平静地微笑着与她们回忆我的小学，初中。偶尔碰见初中同学，笑着谈论起那时自己对那些语言感受到的伤害，他们会说那时你是笑着的，只是开玩笑，我们以为你没有在意。是啊，我是笑着的，对于那些我认为恶意的语言。当初的在意，唯一的解释是自卑作祟。

现在我19岁，大学二年级，读的是自己不喜欢的工程专业，爱的是文字，音乐，行走。不知道何去何从，总是迷惘，还是一个没有长大的孩子，曾想过做永不长大的彼得潘，对责任的恐惧，害怕成长。18岁末，一个人行走在路上，找寻，探索，辗转行走于几个城市，看过不同的风景，遇见同样的他们，发现每个人都是小王子，无论你去多少地方，不安，漂泊，你逃不了的，612星球是开始也是终结！你避免不了成长，那么就去接受，带着世上最美好的东西，灵性、纯真、执著、爱着生活，你就不会孤单！

过去私下认为的伤害都成为了经历，我必须自己走过的路程，不需要自卑，不需要自怨自艾，更不需要别人可怜，都是不必要！世上没有人能真正明白谁，小王子的612星球那么小。也许这些就是造就了现在的我，不想与人建立太深刻的感情，总是淡漠，不论人或物，价值观对于一般人有些奇异，可以用着昂贵的苹果笔记本电脑，手拿着国产山寨手机，没有一点觉得不自在，这是我。

生活的雕刻，一笔一画，都会在你灵魂上留下痕迹。

那是为了雕刻出最清晰的你自己！

征稿启事

我们等待你的加入……

我们只要——你的故事，最真实的故事。

投稿信箱：sixiaoshuo@vip.sina.com

官方围脖：sixiaoshuo@sina.com （欢迎关注我们，给我们随时私信。）

小 通 知：最近我们很缺【对TA说】和【私の小说】选题哟，快快投稿吧！

这些——

也许是曾经难言的暗恋，孤独的独角戏；

也许是人前的强颜欢笑，人后的丢盔弃甲；

也许是再也回不去的年少时做的可爱蠢事，蹉跎青春中的狡黠意外；

也许是被捧在某人手心中的温暖，雨过天晴后和TA共见的彩虹；

也许是最难启齿的爱恋，最难捉摸的暧昧；

也许是不被祝福不被理解的煎熬，是难以示人的禁忌；

也许是无法忘怀的死别，不愿相信的生离；

也许是无法寄出的缕缕思念，无人回应的片片寄语；

……

所有——

隐秘的、禁忌的；   明亮的、灰暗的；

伤痛的、欢乐的；   难忘的、感怀的；

活着的、死去的；   爱着的、爱过的；

你的、Ta的；   私的。

要求与奖励——

私の小说
5000——10000字（小说体）   200元/千字

提供私の小说/口述实录选题
2000字（叙述体）   500元/选题

摄影图片
符合印刷规格的文艺清新范儿   100元/张

对Ta说
20——150字（倾诉体）   私礼品或签名样书

（鄂）新登字 08 号

图书在版编目（CIP）数据

私·时间的玫瑰／九夜茴主编. —武汉：武汉出版社，2012.5

ISBN 978-7-5430-6466-9

Ⅰ. ①私… Ⅱ. ①九… Ⅲ. ①短篇小说—小说集—中国—当代 Ⅳ. ①I247.7

中国版本图书馆 CIP 数据核字（2011）第 239739 号

选题策划：刘晴晴

主　　编：九夜茴

责任编辑：赵　可

封面设计：棱角工作室

出　　版：武汉出版社

社　　址：武汉市江汉区新华下路 103 号　邮编：430015

电　　话：(027)85606403　85600625

网　　址：http://www.whcbs.com　E-mail:zbs@whcbs.com

设计制作：棱角工作室

印　　刷：北京中印联印务有限公司

开　　本：787mm×1092mm　　1/16

印　　张：13.5　　　　　　　　字　　数：228 千字

版　　次：2012 年 5 月第 1 版　　印　　次：2012 年 5 月第 1 次印刷

定　　价：18.00 元